노인과 바다

The Old Man
and the Sea

어니스트 헤밍웨이
김욱동 옮김

노인과 바다

The Old Man and the Sea

소설을 집필 중인 어니스트 헤밍웨이(1939)

차례

노인과 바다

그는 멕시코 해류[1]에서 조각배를 타고 홀로 고기잡이하는 노인이었다. 여든 날하고도 나흘이 지나도록 고기 한 마리 낚지 못했다. 처음 사십 일 동안은 소년이 함께 있었다. 그러나 사십 일이 지나도록 고기 한 마리 잡지 못하자 소년의 부모는 그에게 이제 노인이 누가 뭐래도 틀림없이 '살라오'가 되었다고 말했다. '살라오'란 스페인 말로 '가장 운이 없는 사람'이라는 뜻이다. 소년은 부모가 시키는 대로 다른 배로 옮겨 타게 되었는데, 그 배는 첫 주에 큼직한 고기를 세 마리나 잡았다. 소년은 날마다 노인이 빈 배로 돌아오는 모습을 보고 가슴이 아팠다. 그래서 늘 노인을 마중 나가 노인이 사려 놓은 낚싯줄이며 갈고리며 작살이며 돛대에 둘둘 말아 놓은 돛 따위를 나르는 일을 도와주었다. 돛은 여기저기 밀가루 부대로 기워져 있었고, 접어 놓으면 마치 영원한 패배를 상징하는 깃발처럼

1 멕시코만에서 미국 연안으로 북상하여 동북으로 나아가며 영국 제도 방면에 이르는 난류.

보였다.

노인은 깡마르고 여윈 데다 목덜미에는 주름이 깊게 잡혀 있었다. 열대 지방의 바다가 반사하는 햇볕 때문에 그의 두 뺨에는 양성 피부암의 갈색 반점들이 나 있었다. 이 반점들은 얼굴 양쪽 훨씬 아래에까지 번져 있었다. 두 손에는 큰 고기를 잡느라 밧줄을 다루다가 생긴 상처가 깊게 파여 있었다. 어느 것 하나 새로 생긴 상처는 아니었다. 더는 물고기가 살지 않는 사막의 침식 지대만큼이나 오랜 세월을 지내 온 상처들이었다.

두 눈을 제외하면 노인의 것은 하나같이 노쇠해 있었다. 오직 두 눈만은 바다와 똑같은 빛깔을 띠었으며 기운차고 지칠 줄 몰랐다.

"산티아고 할아버지." 소년은 조각배를 끌어 올려 둔 둑으로 올라가면서 노인에게 말했다. "이제 할아버지랑 다시 고기잡이를 할 수 있어요. 우리 돈 좀 벌었거든요."

노인은 소년에게 고기 잡는 법을 가르쳐 주었고, 그래서 소년은 그를 무척이나 따랐다.

"그건 안 돼. 네가 타는 배가 운이 좋은 거야. 그러니 그 사람들하고 그냥 있어라." 노인이 말했다.

"할아버지는 여든 날하고도 이레 동안 고기 한 마리 잡지 못하셨지만, 우린 삼 주 동안 하루도 빼놓지 않고 커다란 물고기를 잡았어요. 기억하시죠?"

"물론 기억하고말고. 네가 나한테서 떠난 게 내 솜씨를 의심해서가 아니라는 것도 잘 알고 있단다." 노인이 대답했다.

"할아버지 곁을 떠나라고 한 건 아버지였어요. 전 아직 나이가 어리니까 아버지 말을 따라야 해요."

"암, 그렇고말고. 당연히 그래야지." 노인이 말했다.

"그런데 아버지한테는 딱히 신념이라는 게 없어요."

"그래, 그건 그렇다만 우리한테는 신념이 있지. 안 그러냐?" 노인이 대꾸했다.

"물론이죠. 제가 '테라스'[2]에서 맥주 한 잔 사 드릴 테니 드시고 나서 어구를 나르도록 하죠." 소년이 말했다.

"그렇게 하자꾸나. 우린 어부들이니까." 노인이 대답했다.

노인과 소년이 '테라스'에 들어가 앉자 많은 어부들이 노인을 놀려 댔다. 그러나 노인은 조금도 화를 내지 않았다. 그중에서 나이가 지긋한 어부들은 걱정스러운 얼굴로 노인을 바라보았다. 물론 그런 기색은 조금도 내비치지 않은 채 해류며, 낚싯줄을 얼마나 깊이 내렸는지, 또 좋은 날씨가 얼마큼 이어지고 있는지, 고기잡이 중 보았던 것들 따위를 화제 삼아 다정하게 이야기를 주고받았다. 그날 물고기를 많이 잡은 어부들은 일찌감치 항구에 돌아와서 포획한 청새치를 칼질한 뒤 널빤지 두 장에 길게 늘어놓았다. 그러면 두 사람이 널빤지 양쪽에 붙어 비틀거리며 그것들을 물고기 저장고로 운반해 갔다. 그곳에서 그들은 아바나[3]의 시장으로 생선을 싣고 갈 냉동 트럭이 오기를 기다렸다. 상어를 잡은 어부들 역시 벌써 후미 맞은편의 상어 공장으로 수확물을 운반했다. 그곳에서 도르래와 밧줄로 상어를 들어 올려 내장을 빼낸 다음, 지느러미를 자르고 껍질을 벗겨 낸 뒤 살덩이만 토막을 쳐서 소금에 절이는 것이다.

2 일반적으로 테라스가 딸린 식당이나 술집 따위를 가리키는 말이다.

3 쿠바 공화국의 수도. 서인도 제도에서 가장 큰 도시.

바람이 동쪽에서 불어오면 상어 공장의 냄새가 항구를 가로질러 이곳까지 풍겨 왔다. 그러나 오늘은 바람이 북쪽으로 흐르다가 금방 잠잠해졌기 때문에 냄새는 어렴풋하게 풍길 뿐이었고, '테라스'에는 햇살이 밝게 비쳐서 아늑했다.

"산티아고 할아버지." 소년이 노인을 불렀다.

"왜 그러느냐." 노인이 대답했다. 그는 맥주잔을 든 채 먼 옛날의 일을 회상하고 있었다.

"제가 나가서 내일 쓰실 정어리를 좀 구해다 드릴까요?"

"아냐, 괜찮아. 가서 야구나 하고 놀렴. 나는 아직 노를 저을 수 있고, 로헬리오가 그물을 던져 줄 테니까."

"그래도 구해다 드리고 싶은걸요. 할아버지와 함께 고기잡이를 못 한다면, 다른 거라도 도와 드리고 싶어요."

"넌 내게 맥주를 사 주지 않았니. 너도 이젠 어른이 다 됐구나." 노인이 말했다.

"맨 처음 할아버지가 배에 태워 주셨을 때 제가 몇 살이었죠?"

"다섯 살이었지. 그때 내가 어찌나 팔팔한 고기를 잡아 올렸던지 넌 하마터면 죽을 뻔했어. 그놈은 거의 조각배를 산산조각 내다시피 했지. 기억나니?"

"네, 기억나요. 그놈의 물고기가 꼬리를 무섭게 흔들어 대는 바람에 배의 노 젓는 자리가 다 부서지고, 또 할아버지가 그놈을 몽둥이로 마구 두들겨 팼잖아요. 할아버지가 저를 번쩍 들어서 젖은 낚싯줄을 사려 놓은 뱃머리 쪽으로 던지듯 내려놓은 일도 생각나고요. 또 배 전체가 몹시 흔들리던 느낌이랑, 할아버지가 마치 나무를 패듯 몽둥이로 고기를 두들기던 소리랑, 제 몸에서 온통 달콤한 피 냄새가 풍기던 것이 모두 생각나요."

"그런 일이 정말로 기억나는 거냐? 아니면 내가 네게 말해 준 거냐?"

"할아버지와 함께 처음 바다로 나갔을 때 겪은 일부터 모조리 기억하고 있어요."

노인은 햇볕에 그을린 눈빛으로 믿음직스럽고 다정하게 소년을 바라보았다.

"네가 내 친아들이라면 너를 데리고 멀리 나가서 한번 모험을 해 보고 싶구나. 하지만 네겐 아버지와 또 어머니가 계시니. 게다가 지금 넌 운 좋은 배를 타고 있고." 그가 말했다.

"정어리를 잡아 올까요? 미끼를 네 마리 정도 구해 올 수 있는 곳을 알고 있어요."

"오늘 쓴 것들도 아직 남았어. 소금을 뿌려 상자에 넣어 두었거든."

"싱싱한 걸로 네 마리 구해다 드릴게요."

"한 마리면 충분해." 노인은 여전히 희망과 자신감을 잃지 않았다. 심지어 미풍이 불어올 때처럼 희망과 자신감이 새롭게 솟구치고 있었다.

"그럼 두 마리 가져올게요." 소년이 말했다.

"좋아, 그럼 두 마리다." 노인은 하는 수 없이 소년의 말에 수긍했다. "설마 훔친 건 아니겠지?"

"훔칠 수도 있지만 이건 돈 주고 산 거예요." 소년이 대답했다.

"고맙구나." 노인이 말했다. 그는 너무 단순한 사람이어서 자신이 언제 겸손함을 배웠는지조차 생각해 본 적이 없었다. 그러나 지금은 자기가 겸손해졌음을 깨달았고, 그것이 부끄

럽거나 참다운 자부심을 해치는 일도 아님을 잘 알고 있었다.

"해류가 이대로만 유지된다면 내일도 틀림없이 날씨가 좋겠구나." 노인이 말했다.

"어디로 나가실 생각인가요?" 소년이 물었다.

"멀리 나갔다가 바람이 바뀌면 돌아올 생각이다. 동이 트기 전에 나가고 싶구나."

"제 주인아저씨한테도 멀리 나가자고 해 볼게요. 그러면 할아버지가 정말 큰 놈을 낚아 올릴 때 우리가 곁에서 도와 드릴 수도 있잖아요." 소년이 말했다.

"그 사람은 멀리 나가기를 좋아하지 않는걸."

"그건 그래요. 하지만 전 새가 물고기를 찾아내듯, 주인아저씨 눈에 보이지 않는 뭔가를 볼 수 있어요. 그러니 만새기를 쫓아 멀리 나가 보자고 할래요." 소년이 대답했다.

"그 사람 눈이 그렇게도 나쁘단 말이냐?"

"거의 장님이나 다름없는걸요."

"참 이상한 일이구나. 그 사람은 바다거북을 잡으러 나간 일도 없는데 말이다. 바다거북을 잡다 보면 눈을 망치게 되거든." 노인이 말했다.

"하지만 할아버지는 머스키토 해안[4]에서 지난 몇 해 동안 바다거북을 잡으셨어도 눈이 멀쩡하잖아요."

"나야 별난 늙은이니까."

"진짜 큰 고기가 잡혀도 감당할 수 있을 만큼 아직 기운이 있으시죠?"

"아마 그럴 게야. 게다가 온갖 요령도 알고 있잖니."

4 미국 플로리다주 남단, 온두라스와 니카라과 부근에 위치한 카리브 해안.

"자, 그럼 어구를 집으로 운반하시죠. 그래야 제가 투망을 갖고 정어리를 잡으러 갈 수 있거든요." 소년이 말했다.

노인과 소년은 배에서 어구를 집어 들었다. 노인은 돛대를 어깨에 메고, 소년은 단단히 꼰 갈색 낚싯줄을 둘둘 감아 넣은 나무 상자와, 갈고리와 창이 꽂힌 작살을 날랐다. 미끼가 든 상자는, 큰 고기를 배 옆으로 끌어 들일 때 그놈이 날뛰지 못하게 하는 데 사용하는 몽둥이와 함께 조각배의 고물 밑에 넣어 두었다. 아무도 노인의 물건을 훔쳐 가지는 않겠지만, 돛과 굵은 밧줄이 밤이슬을 맞으면 좋지 않을 터이므로 집에 가져가는 편이 나았다. 비록 노인은 이 마을 사람들이 자기 물건에 손대리라고는 생각하지 않았으나, 갈고리와 작살을 배 안에 그냥 놔두는 것은 공연히 사람들의 마음을 유혹하는 짓이라고 생각했다.

두 사람은 함께 노인이 사는 오두막집 쪽으로 걸어 올라가서 벌써 열어 놓은 문을 통해 안으로 들어갔다. 노인은 돛으로 둘둘 감은 돛대를 벽에 기대어 놓았고, 소년은 상자와 다른 어구를 그 옆에 내려놓았다. 돛대는 거의 오두막집의 방 길이만큼이나 길었다. '구아노'라는 대왕야자수[5]의 튼튼한 껍질로 지은 이 오두막집의 방 안에는 침대, 식탁, 의자가 하나씩 있었고, 흙바닥에는 숯불을 피워 음식을 만드는 자리가 있었다. 섬유가 질긴 구아노를 납작하게 여러 겹 포개어 만든 갈색 벽에는 물감으로 채색한 예수 그리스도의 성심상(聖心像)[6]과 코

5 키가 크고 우아한 야자나무로, 미국 플로리다주 남부와 쿠바에서 주로 자란다.

6 성심은 골고다 언덕에서 창에 찔린 예수 그리스도의 심장을 의미한다. 인류애의 상징으로, 로마 가톨릭교회에서는 특히 중요하게 여긴다.

브레의 성모 마리아[7] 그림이 걸려 있었다. 두 그림 모두 죽은 아내의 유품이었다. 한때 그 벽에는 아내의 색사진이 붙어 있었지만 이젠 떼어 버렸다. 사진을 바라볼 때마다 너무 울적한 기분이 들었으므로, 지금은 방구석에 있는 선반의 깨끗한 셔츠 밑에 넣어 두었다.

"드실 만한 게 있나요?" 소년이 물었다.

"노란 쌀밥 한 그릇이랑 생선이 있어. 너도 좀 먹을래?"

"아뇨. 전 집에 가서 먹을게요. 불을 피워 드릴까요?"

"괜찮아. 나중에 내가 피우마. 아니면 그냥 찬밥을 먹어도 되고."

"투망을 가져가도 될까요?"

"암, 되고말고."

투망 따위가 있을 리 없었고, 소년은 노인이 투망을 언제 팔아 치웠는지도 기억하고 있었다. 그러나 두 사람은 이처럼 꾸며 낸 말을 날마다 되풀이했다. 노란 쌀밥도 생선도 있을 리 없었고, 소년은 이 또한 잘 알고 있었다.

"85는 재수 좋은 숫자란다. 내가 말이다, 내장을 빼고도 450킬로그램이 넘는 큰 고기를 잡아 가지고 돌아오는 모습을 보고 싶지 않니?" 노인이 말했다.

"전 투망을 갖고 정어리를 잡으러 갈게요. 할아버지는 문간에서 볕이라도 쬐며 앉아 계세요."

"오냐, 그렇게 하마. 어제 신문이 있으니 야구 기사나 읽어야겠구나."

7 쿠바의 남서쪽 산티아고 외곽에 위치한 광산촌 엘 코브레에서 모시는 성모 마리아로, 쿠바에서 가장 공경받는 성모 마리아이다.

소년은 '어제 신문'이라는 것도 실상 지어낸 이야기가 아닌지 의심스러웠다. 그러나 노인은 침대 밑에서 신문을 꺼냈다.

"보데가[8]에서 페리코가 주더구나." 그가 설명했다.

"정어리를 잡아 가지고 올게요. 할아버지 거랑 제 거랑 함께 얼음에 재워 뒀다가 내일 아침에 나누기로 해요. 제가 돌아오거든 야구 이야기 좀 해 주세요."

"양키스 팀이 이길 게 불을 보듯 뻔하지."

"하지만 전 클리블랜드의 인디언스 팀에 승산이 있다고 생각하는데요."

"얘야, 양키스 팀을 믿어야지. 그 훌륭한 디마지오[9] 선수가 있잖니."

"전 디트로이트의 타이거스 팀과 클리블랜드의 인디언스 팀도 만만치 않다고 생각하는걸요."

"아서라. 그러다간 신시내티의 레드스 팀이나 시카고의 화이트삭스 팀까지 승산이 있다고 생각하겠구나."

"신문을 잘 읽어 두셨다가 제가 돌아오거든 꼭 얘기해 주셔야 해요."

"우리 끝자리가 85인 복권을 한 장 사 두면 어떻겠니? 내일이면 바로 팔십오 일째가 되는 날이거든."

"그것도 괜찮겠네요. 하지만 할아버지의 멋진 기록인 87은 어떨까요?" 소년이 대답했다.

"아마 그런 일은 두 번 다시 일어날 수 없을 거야. 어디 끝

8 '식료품 가게'를 뜻하는 스페인어로, 값싸게 간이식사를 할 수 있는 곳이다.

9 조지프 폴 디마지오(Joseph Paul Dimaggio, 1914~1999). 1936년부터 1951년까지 뉴욕 양키스 팀에서 외야수로 활약한 프로야구 선수로, 미국 야구 역사에서 가장 명성 높은 인물이다.

자리가 85인 복권을 살 수 있겠니?"

"한 장 주문하면 되죠."

"한 장만 사도록 하자꾸나. 2달러 50센트야. 한데 누구한테 그 돈을 꾸지?"

"그건 문제없어요. 2달러 50센트 정도야 저도 언제든지 빌릴 수 있거든요."

"아마 나도 빌릴 순 있을 거야. 하지만 난 될 수 있으면 돈을 빌리고 싶지 않구나. 처음엔 돈을 빌리지만 결국 나중엔 구걸하게 되는 법이거든."

"할아버지, 몸을 따뜻하게 하고 계세요. 9월이라는 걸 잊지 마시고요."

"큰 고기를 잡을 수 있는 계절이야. 5월이라면 누구든 어부 행세를 할 수 있지만 말이다."

"그럼 가서 정어리를 잡아 올게요."

소년이 돌아와 보니 노인은 의자에 앉은 채 잠들어 있었고, 해는 이미 저물었다. 소년은 침대에서 낡은 군용 담요를 가져와 의자 뒤쪽에서 펼친 뒤 노인의 어깨를 덮어 주었다. 비록 나이가 들었음에도 그의 어깨에는 여전히 이상하리만큼 힘이 흘러넘쳤다. 목덜미에도 여태 정력이 감돌았고 고개를 앞쪽으로 떨어뜨리고 잠자고 있을 때면 주름살마저 별로 눈에 띄지 않았다. 셔츠는 몇 번이고 하도 기워서 마치 돛과 같았고, 그 천 조각들은 햇볕에 여러 빛깔로 바래 있었다. 다만 노인의 머리는 몹시 노쇠하여 두 눈을 감은 얼굴에서 생기라곤 전혀 찾아볼 수 없었다. 무릎 위에 신문이 펼쳐져 있었지만 팔의 무게에 눌려 저녁 미풍에도 떨어지지 않은 채 그 자리에 그대로 놓여 있었다. 노인의 발은 신발을 신지 않은 맨발이었다.

소년은 노인을 그냥 내버려 두었다. 이윽고 소년이 다시 돌아왔을 때에도 노인은 여전히 잠을 자고 있었다.

"할아버지, 이제 그만 일어나세요." 소년은 이렇게 말하면서 노인의 한쪽 무릎에 손을 얹었다.

그러자 노인은 두 눈을 떴고, 한순간 멀리 길을 떠났다가 다시 돌아온 것 같은 표정을 지었다. 그러고 나서 노인은 빙그레 미소를 지었다.

"뭘 갖고 온 게냐?" 그가 물었다.

"저녁 식사예요. 같이 먹으려고요." 소년이 대답했다.

"난 별로 배고프지 않은데."

"자, 어서 잡수세요. 잡수시지 않고선 고기잡이를 하실 수 없어요."

"빈속으로 물고기를 잡은 적도 있었지." 노인은 이렇게 말하며 자리에서 일어나더니 신문을 접어 들었다. 그러고는 담요를 개기 시작했다.

"담요는 그냥 덮고 계세요. 제가 살아 있는 동안에 할아버지가 굶은 채로 고기잡이하실 일은 절대 없을 거예요." 소년이 말했다.

"그럼, 오래오래 살고 몸조심하려무나. 한데 뭐 먹을 게 있는 거냐?" 노인이 물었다.

"검정콩밥이랑 바나나 튀김이랑 스튜가 조금 있어요."

소년은 '테라스'에서 두 단으로 된 양은그릇에 음식을 담아 왔다. 그의 주머니 속에는 냅킨에 싼 나이프와 포크, 숟가락이 두 벌 들어 있었다.

"누가 준 거야?"

"마르틴 아저씨가요. 주인아저씨 말이에요."

"그 사람한테 고맙다고 인사해야겠구나."

"인사는 벌써 제가 했는걸요. 그러니까 할아버지가 따로 인사하실 필요는 없어요." 소년이 말했다.

"큰 고기를 잡거든 그 사람에게 뱃살을 줘야겠다. 이렇게 음식을 마련해 준 게 이번이 처음도 아니잖니?" 노인이 말했다.

"아마 그럴걸요."

"그렇다면 뱃살보다 훨씬 좋은 부위를 줘야겠는걸. 그 사람은 우리한테 퍽 마음을 써 주는구나."

"맥주도 두 병 주셨어요."

"난 캔맥주가 제일 좋더라."

"잘 알죠. 하지만 이건 병맥주인걸요. 아투에이 맥주[10]예요. 병은 돌려줘야 해요."

"넌 참 친절하기도 하구나. 자, 그럼 어디 먹어 볼까?" 노인이 말했다.

"아까부터 드시라고 했잖아요. 할아버지가 드실 준비를 다 하실 때까지 뚜껑을 열고 싶지 않았어요." 소년이 다정하게 말했다.

"이제 준비 다 됐다. 손 씻을 시간이 필요했을 뿐이야." 노인이 말했다.

어디서 손을 씻었다는 것일까? 하고 소년은 생각했다. 이 마을에서 물을 얻으려면 아래쪽으로 두 블록이나 내려가야 했다. 할아버지에게 물을 길어다 드려야 했는데, 하고 소년은 생각했다. 비누하고 수건도 가져와야 했는데 말이야. 나는 왜

10 쿠바에서 생산되는 맥주 중 하나. 본디 '아투에이'는 아이티 출신 인디언 추장의 이름으로, 스페인의 학정에 맞서 싸운 영웅이다.

이다지도 생각이 짧을까? 할아버지에게 셔츠도 한 장 더 준비해 드려야 하고, 겨울 재킷과 신발 그리고 담요도 한 장 더 가져다 드려야겠는걸.

"스튜가 정말 맛있구나." 노인이 말했다.

"야구 이야기 해 주세요." 소년이 그에게 부탁했다.

"아메리칸리그[11]에선 역시 내가 말한 대로 양키스 팀이 최고였지." 노인이 행복한 표정으로 말했다.

"오늘은 양키스가 졌잖아요." 소년이 그에게 말했다.

"그 정도는 새 발의 피지. 그 훌륭한 디마지오가 다시 실력을 발휘할 테니까."

"그 팀에는 다른 선수들도 있잖아요."

"물론이지. 하지만 디마지오는 달라. 다른 리그에서라면 브루클린과 필라델피아 두 팀 중 난 브루클린 편을 들지. 그러고 보니 딕 시슬러[12]랑, 또 옛 구장에서 그가 날린 그 굉장한 안타가 생각나는구나."

"역시 그런 안타는 좀처럼 드물죠. 그 선수처럼 그렇게 멀리 공을 날리는 사람은 아직 보지 못했거든요."

"전에 그 선수가 '테라스'에 찾아오곤 했던 일, 기억나니? 나는 그를 데리고 함께 낚시를 하고 싶었지만, 내가 워낙 소심해서 차마 부탁할 수 없었어. 그래서 네게 부탁해 보라고 했는

11 내셔널리그와 함께 미국의 양대 리그 중 하나. 1900년에 설립되었고 여덟 개의 팀으로 구성되어 있다. 앞에서 산티아고와 마놀린이 언급한 팀은 모두 아메리칸리그 소속이다.

12 1948년부터 1951년까지 필라델피아 팀에서 활약한 프로 야구 선수. 카디널스, 레드스, 양키스 팀에서 선수 및 코치로 명성을 날렸다. 그의 아버지 조지 시슬러는 세인트루이스 팀과 보스턴 팀에서 활동했다.

데 너 역시 대담하진 않더구나."

"알고 있어요. 큰 실수였죠. 그때 부탁했더라면 아마 우리와 함께 낚시하러 가 줬을지도 모르는데 말이에요. 정말 그랬더라면 평생을 두고 자랑거리가 되었을 텐데요."

"난 저 훌륭한 디마지오를 데리고 한번 고기잡이를 해 보고 싶어. 소문에 따르면 그의 아버지도 어부였다지. 아마 그도 우리처럼 가난했을 테니, 어쩌면 우리를 잘 이해해 줄지도 몰라." 노인이 말했다.

"그 훌륭한 시슬러의 아버지는 단 한 번도 가난한 적이 없었대요. 그리고 그 사람은…… 그 아버지 말이에요…… 제 나이 때 벌써 메이저리그[13]에서 경기를 뛰고 있었대요."

"내가 네 나이였을 때는 아프리카 해안을 항해하는, 가로돛을 단 범선에서 선원 노릇을 했지. 저녁 무렵이면 해변을 따라 어슬렁거리는 사자들을 보곤 했어."

"알아요. 언젠가 얘기해 주셨잖아요."

"우리 아프리카 이야기를 할까, 아니면 야구 이야기를 할까?"

"야구 이야기가 좋겠어요." 소년이 대답했다. "그 훌륭한 존 호타 맥그로[14] 선수 이야기를 해 주세요." 소년은 'J'를 '호타'[15]라고 발음했다.

"그 친구도 전에 이따금씩 '테라스'에 찾아오곤 했지. 그

13 미국 프로 야구의 최상위 경기로, 아메리칸리그와 내셔널리그가 있다. 흔히 '빅리그'라고도 한다.

14 존 J. 맥그로(John Joseph McGrow, 1873~1934). 1900년대 초반부터 1932년까지 뉴욕 자이언츠 팀의 매니저로 활약했다.

15 스페인어에선 알파벳 'J'를 '호타'라고 발음한다.

런데 술이 들어가면 난폭해지고 입이 거칠어져서 다루기 힘든 친구였어. 그 사람은 야구만큼이나 경마에도 관심이 있었지. 어쨌든 호주머니 속에 언제나 경주마 목록을 가지고 다니면서 전화할 때 자주 그 말 이름을 언급하더구나."

"그 사람은 뛰어난 감독이었잖아요. 우리 아버지 말로는 가장 훌륭한 감독이었대요." 소년이 말했다.

"그건 말이다, 그 사람이 이곳에 꽤 자주 내려왔기 때문이란다. 만약 듀로서[16]가 해마다 이곳에 내려왔다면, 네 아버지는 아마 그 사람더러 가장 훌륭한 감독이라고 했을걸." 노인이 말했다.

"그럼 정말로 누가 가장 훌륭한 감독이죠? 루케[17]인가요, 곤살레스[18]인가요?"

"내 생각으로는 두 사람 다 고만고만해."

"그리고 가장 훌륭한 어부는 할아버지이시고요."

"아니다. 난 나보다 뛰어난 어부를 알고 있어."

"케바.[19] 세상에 고기를 잘 잡는 어부는 많이 있고, 또 아주 뛰어난 어부도 가끔 있죠. 하지만 할아버지에 비길 만한 사람은 없어요." 소년이 말했다.

"고맙구나. 넌 나를 기쁘게 해 주는구나. 아주 큰 물고기

16 리오 어니스트 듀로서(Leo Ernest Durocher, 1905~1991). 1940년대에는 브루클린 다저스 팀의 매니저로, 1948년부터 1955년까지는 뉴욕 자이언츠 팀의 매니저로 활약했다.

17 아돌포 루케(Adolfo Luque, 1890~1957). 쿠바의 아바나에서 태어나 1935년까지 보스턴, 신시내티, 브루클린, 뉴욕 자이언츠 팀에서 매니저로 활약했다.

18 마이크 곤살레스(Mike González, 1890~1977). 쿠바 출신의 투수로 1938년과 1940년에 세인트루이스 카디널스의 매니저로 활약했다.

19 Qué va. '천만에요. 혹은 '그럴 리가.' 등의 뜻으로 쓰이는 스페인어 감탄사.

를 잡아서 우리 생각이 틀리지 않음을 입증했으면 좋겠구나."

"할아버지 말씀대로 여전히 힘이 세시다면, 거기에 맞설 대단한 물고기가 어디 있겠어요."

"힘이 생각만큼 그리 세지 않을지도 몰라. 하지만 난 요령을 많이 아는 데다 배짱도 있지." 노인이 말했다.

"내일 아침에 기운이 나도록 이제 그만 주무세요. 전 가져온 그릇을 '테라스'에 돌려주겠어요."

"그럼 잘 가거라. 내일 아침에 깨우러 가마."

"할아버지는 제게 자명종 같아요." 소년이 말했다.

"내 나이가 자명종인 거지. 한데 늙은이는 왜 이리 일찍 잠에서 깨는 걸까? 하루를 좀 더 길게 보내고 싶어서일까?" 노인이 대꾸했다.

"잘 모르겠어요. 다만 제가 아는 건, 나이 어린 애들이 대낮까지 늦도록 곤히 잠을 잔다는 것뿐이에요." 소년이 대답했다.

"나도 그랬던 것 같아. 시간에 늦지 않도록 깨워 줄게." 노인이 말했다.

"전 주인아저씨가 깨워 주는 게 싫어요. 제가 그 사람보다 못난 것처럼 느껴지거든요."

"네 기분을 알다마다."

"할아버지, 그럼 안녕히 주무세요."

소년은 밖으로 나갔다. 두 사람은 식탁 위에 불을 밝히지도 않은 채 식사를 했고, 노인은 어둠 속에서 바지를 벗고 잠자리에 들었다. 그는 바지 속에 신문을 넣고 둘둘 말아서 베개로 삼았다. 그러고는 담요를 몸에 돌돌 감은 뒤 침대 스프링을 덮은 또 다른 헌 신문지 위에서 잠을 잤다.

노인은 곧 잠들었고, 아직 소년이었을 시절에 본 아프리카에 관한 꿈을 꾸었다. 황금빛으로 찬란한 긴 해변과 눈부시도록 새하얀 해안선, 그리고 드높은 갑(岬)과 커다랗게 우뚝 솟은 갈색 산들이 꿈에 나타났다. 요즈음 들어 그는 매일 밤마다 꿈속에서 이 해안가를 따라 돌았고, 파도가 으르렁거리는 소리를 들었으며, 그 파도를 헤치며 다가오는 원주민의 배를 보았다. 그는 잠을 자면서도 갑판의 타르와 뱃밥 냄새를 코끝으로 맡았고, 아침이면 육지의 미풍이 싣고 오는 아프리카 대륙의 냄새를 맡았다.

여느 때 같으면 노인은 뭍에서 불어오는 미풍 냄새에 잠에서 깨어나 옷을 입고 소년을 깨우러 갔다. 그러나 오늘 밤에는 뭍의 미풍 냄새가 너무 일찍 풍겨 왔고, 그는 꿈속에서도 너무 이르다는 사실을 깨닫고 다시 꿈을 이어 갔다. 그 꿈속에서 섬들의 하얀 봉우리들이 바다 위로 우뚝 솟아오르더니 카나리아 군도[20]의 여러 항구와 정박지도 나타났다.

노인의 꿈에는 이제 폭풍우도, 여자도, 큰 사건도, 큰 물고기도, 싸움도, 힘겨루기도, 그리고 죽은 아내의 모습마저 떠오르지 않았다. 다만 여러 지역과 갖가지 해안에서 나타나는 사자들의 꿈만을 꿀 뿐이었다. 사자들은 황혼 속에서 마치 새끼 고양이처럼 뛰어놀았고, 그는 소년을 사랑하듯 이 사자들을 사랑했다. 그는 한 번도 소년의 꿈을 꾸어 본 적이 없었다. 노인은 문득 눈이 뜨이자 열린 창으로 달을 바라보고는 둘둘 말아 놓은 바지를 풀어서 다시 입었다. 오두막집 밖에서 소변을 본 뒤에 소년을 깨우려고 길을 따라 올라갔다. 새벽 한기에 몸이 오들오들 떨렸다. 그러나 그는 이렇게 몸을 떨다 보면 조금

20 아프리카 북서부 대서양에 위치한 스페인령 제도.

씩 온기가 돌고 곧 바다에서 노를 젓게 되리라는 점을 잘 알고 있었다.

소년이 사는 집은 문을 잠가 놓지 않았으므로 노인은 문을 열고 맨발로 조용히 안으로 들어갔다. 소년은 첫 번째 방의 간이침대에서 잠들어 있었고, 점차 기울어 가는 달빛 속에서 소년의 모습이 똑똑히 보였다. 노인은 소년이 눈을 뜨고 얼굴을 돌려서 자기를 바라볼 때까지 소년의 한쪽 발을 살며시 잡고 있었다. 노인이 고개를 끄덕이자 소년은 침대 옆 의자에서 바지를 집어 들고 침대에 앉은 채 입었다.

노인이 문밖으로 나가자 소년도 그의 뒤를 따랐다. 소년은 아직 잠이 덜 깼고, 그래서 노인은 한 팔로 소년의 어깨를 감싸며 말했다. "미안하구나."

"케바! 사내라면 그만한 일쯤은 해야죠." 소년이 말했다.

두 사람은 노인의 오두막집으로 내려갔다. 어두컴컴한 길을 따라 어부들이 돛대를 어깨에 메고 맨발로 걸어가고 있었다.

노인의 오두막집에 도착하자 소년은 둘둘 말아 바구니에 넣어 둔 낚싯줄과 갈고리와 작살을 집어 들었고, 노인은 돛을 감아 놓은 돛대를 어깨에 메었다.

"커피 드시겠어요?" 소년이 물었다.

"어구들을 배에 싣고 나서 마시자꾸나."

두 사람은 이른 아침 어부들을 상대로 음식을 파는 가게에 가서 연유 깡통으로 커피를 마셨다.

"할아버지, 어젯밤에 편안히 주무셨어요?" 소년이 물었다. 소년은 아직 완전히 졸음을 떨쳐 내지 못했으나 조금씩 정신이 들기 시작했다.

"그래, 잘 잤다, 마놀린. 오늘은 자신감이 생기는구나." 노인이 대답했다.

"저도 그래요. 그럼 할아버지의 정어리랑 제 정어리, 그리고 할아버지의 싱싱한 미끼를 가져와야겠어요. 제 주인아저씨는 어구를 직접 날라요. 절대 다른 사람에게 맡기지 않아요." 소년이 말했다.

"우리는 다르지. 난 네가 다섯 살 때부터 나르게 했으니까." 노인이 말했다.

"잘 알죠. 곧 돌아올게요. 커피를 한 잔 더 들고 계세요. 이 집에선 외상을 그을 수 있거든요." 소년이 말했다.

소년은 산호 자갈길을 맨발로 걸어서 미끼를 보관해 둔 얼음 창고로 갔다.

노인은 천천히 커피를 마셨다. 고작 이것이 그가 하루 동안 입에 대는 유일한 음식이었고, 그래서 마셔 둬야 한다는 사실을 익히 알았다. 벌써 오래전부터 먹는 일마저 귀찮아져서 점심을 싸 가는 법이 없었다. 조각배의 뱃머리에 두는 물병 하나만 있으면 하루 정도는 충분히 견딜 수 있었다.

소년이 정어리와 신문지에 싼 미끼 두 뭉치를 가지고 돌아왔다. 두 사람은 발밑으로 자갈 섞인 모래의 감촉을 느끼면서 오솔길을 따라 조각배가 있는 곳으로 내려가서는 조각배를 들어 바닷물에 밀어 넣었다.

"할아버지, 행운을 빌어요."

"너도 행운을 빈다." 노인이 대답했다. 그는 노를 잡아맨 밧줄을 놋좆에다 동여매고 물속에서 노를 밀치는 힘을 거스르며 몸을 앞쪽으로 구부렸다. 그러고는 어둠 속에서 항구 밖으로 배를 저어 나가기 시작했다. 다른 해안에서 온 배 몇 척이 이미 바다를 향해 노를 저어 가고 있었다. 달은 벌써 언덕 너머로 기울어서 배들의 모습은 보이지 않았지만 노 젓는 소리가 귓가에 들려왔다.

이따금씩 누군가의 말소리가 들려올 때도 있었다. 그러나 대부분의 배에서는 노 젓는 소리만이 들릴 뿐, 고요했다. 항구 어귀를 벗어나자 배들은 모두 뿔뿔이 흩어져서 제각기 고기를 잡으려는 방향으로 나아갔다. 노인은 오늘 멀리 나갈 작정이었으므로 뭍 냄새를 뒤로하고 싱그러운 새벽 냄새가 풍기는 대양으로 노를 저어 나갔다. 어부들이 '큰 우물'이라고 부르는 바다 근처까지 저어 갔을 때, 노인은 돌연 물속에서 모자반류(類) 해초[21]가 인광을 내뿜는 광경을 보았다. 어부들이 이곳을 '큰 우물'이라고 부르는 까닭은 물 깊이가 갑자기 700패덤[22]에 이르기 때문인데, 이곳의 해류는 바다 밑바닥의 가파른 경사면에 부딪쳐 소용돌이를 이루었다. 그래서 온갖 종류의 고기가 떼를 지어 모여들었다. 작은 새우와 미끼 고기가 한데 모여 있는가 하면, 어떤 때는 가장 깊숙한 구멍 속에 오징어 떼가 군집해 있기도 했다. 그것들은 밤이 되면 수면 가까이 떠올라서 그곳을 오가는 모든 물고기의 먹잇감이 되었다.

어둠 속에서도 노인은 아침이 다가오고 있음을 느낄 수 있었다. 노를 저으면서도 날치가 수면 위로 날아오를 때 부르르 떠는 소리라든가, 그 빳빳이 세운 날개가 어둠 속을 날아갈 때 쉭쉭거리는 소리를 들을 수 있었다. 그는 날치를 무척이나

21 멕시코만에서 주로 자생하는 해초.

22 수심을 측정하는 단위로, 1패덤은 약 1.83미터에 해당한다. 700패덤은 약 1280미터이다.

좋아했고, 심지어 그것을 바다에서 가장 친한 친구로 여겼다. 그러나 새들은 가엾다고 생각했다. 그중 늘 날아다니면서 먹이를 찾지만 아무것도 얻지 못하는 조그마하고 연약한 제비갈매기를 특히 가엾게 여겼다. 새들은 우리 인간보다 더 고달픈 삶을 사는구나, 하고 그는 생각했다. 물론 강도 짓을 하거나 우악스러운 새들은 빼놓고 말이다. 바다가 이토록 잔혹한데도 왜 하필 제비갈매기처럼 연약하고 가냘픈 새를 만들어냈을까? 바다는 다정하고 아름답지만 몹시 잔인하게 돌변할 수 있는 데다 실제로 그러기도 하지. 가냘프고, 구슬프게 울며 날아가다가 수면에 주둥이를 살짝 담그고 먹이를 찾는 저 새들은 아무래도 바다에서 살아가기에는 너무 연약하게 만들어졌단 말이야.

노인은 바다를 늘 '라 마르'[23]라고 생각했는데, 이는 이곳 사람들이 애정을 가지고 바다를 부를 때 사용하는 말이었다. 물론 바다를 사랑하는 사람들마저 바다를 비난할 때가 있었지만, 그럴 때조차 바다를 언제나 여자인 듯 불렀다. 젊은 어부들 가운데 몇몇, 낚싯줄에 찌 대신 부표를 사용하고 상어 간을 팔아서 벌어들인 큰돈으로 모터보트를 구입하는 부류들은 바다를 '엘 마르', 즉 남성형으로 부르기도 했다. 그들은 바다를 두고 경쟁자, 일터, 심지어 적대자인 양 대했다. 그러나 노인은 늘 바다를 여성으로 생각했으며, 큰 은혜를 베풀어 주거나 빼앗기도 하는 무엇이라고 얘기했다. 설령 바다가 무섭게 굴거나 재앙을 끼치더라도 그것은 바다로서도 어쩔 수 없는

23 무생물도 성을 구별하여 표기하는 스페인어에서는 바다를 여성형으로는 '라 마르(la mar)', 남성형으로는 '엘 마르(el mar)'라고 부른다.

일이려니 여겼다. 달이 여자에게 영향을 미치는 듯 바다에도 영향을 미치지, 하고 노인은 생각했다.

노인은 쉬지 않고 꾸준히 노를 저어 나갔고, 속도를 잘 유지했다. 이따금 해류가 소용돌이치는 곳을 제외하면 수면은 잔잔했기 때문에 별로 힘들지 않았다. 그는 노 젓는 일의 3분의 1가량을 해류에 떠맡기고 있었다. 차츰 날이 밝아 오기 시작하자 이 시간에 도달하고자 했던 거리보다 훨씬 멀리까지 나와 있음을 깨달았다.

나는 무려 일주일 동안 이곳, 깊은 우물을 헤맸지만 한 마리도 잡지 못했어, 하고 그는 생각했다. 오늘은 가다랑어나 날개다랑어 떼가 몰려 있는 곳에 가서 줄을 내리면, 그러니까 어쩌면 그것들과 함께 큰 놈이 있을지도 몰라.

날이 완전히 밝기도 전에 노인은 벌써 미끼를 드리우고 해류가 흐르는 대로 배를 내맡기고 내버려 두었다. 첫 번째 미끼는 70미터 깊이에 내렸다. 두 번째 것은 140미터 깊이에, 그리고 세 번째와 네 번째는 각각 180미터와 230미터나 되는 푸른 물속에 내렸다. 미끼마다 고기 대가리를 거꾸로 꿰어 단단히 묶어 놓고, 꼬부라진 낚시 갈고리는 싱싱한 정어리로 감싸 매어 놓았다. 정어리의 두 눈알을 낚싯바늘로 꿰뚫어 놓은 까닭에, 마치 돌출한 강철 막대기 위에 반달 모양의 화환을 받쳐 둔 듯 보였다. 어느 낚싯바늘을 보든 큰 고기한테 구수하고 맛좋게 먹음직스러운 미끼뿐이었다.

소년은 노인에게 싱싱하고 조그마한 다랑어, 즉 날개다랑어 두 마리를 주었고, 노인은 가장 깊이 드리운 낚싯줄 두 개에 이것들을 추처럼 매달아 놓았다. 또 다른 낚싯줄에는 전에 썼던 큼직한 푸른 전갱이 한 마리와 갈전갱이 한 마리를 매달았다. 한 번 쓴 미끼라고는 하지만 그래도 아직 쓸 만한 상태였으며, 이것들과 함께 고기들을 유혹할 만큼 싱싱한 정어리 또한 매달아 놓았다. 커다란 연필만큼 굵은 낚싯줄은 각각 초록으로 색칠한 막대기에 묶어 놓았으므로 고기가 미끼를 잡아당기거나 건드리기만 해도 그것은 물속으로 잠기게 될 터였다. 어느 낚싯줄에나 70미터짜리 사리로 된 낚싯줄이 두 개씩 달려 있고, 이것을 다른 여분의 밧줄과 단단히 연결할 수도 있었으니 필요하다면 물고기에게 550미터 넘게 줄을 풀어 줄 수 있었다.

이제 노인은 뱃전 너머로 막대기 세 개가 기우는 모습을 지켜보며 낚싯줄이 적당한 수심에서 위아래로 팽팽하게 드리워지도록 가만히 노를 저었다. 이제 날이 제법 밝아서 금방이라도 해가 솟아오를 것만 같았다.

해가 바다 위로 어렴풋이 떠오르자 노인은 다른 고깃배들이 해안 쪽에서 해류를 가로지르며 수면에 바짝 붙은 채 한가로이 흩어져 있는 광경을 볼 수 있었다. 해가 점점 더 밝아지며 바다 위에 찬란한 빛을 쏟아 놓았다. 마침내 해가 완전히 얼굴을 드러내자 평평한 바다가 빛을 반사하였고, 그의 두 눈을 부시게 했다. 그래서 그는 해를 쳐다보지 않은 채 노를 저었다. 바다를 내려다보며 어두운 물속에 곧게 드리운 낚싯줄을 유심히 지켜보았다. 그는 어떤 어부보다도 낚싯줄을 똑바로 드리울 수 있었다. 그래야만 어두운 해류의 층층이, 즉 그가 바라는 수심마다 정확히 미끼를 놓고 그곳을 헤엄쳐 가는 물고기를 기다릴 수 있었다. 다른 어부들은 해류가 흐르는 대로 미끼를 내맡겼고, 종종 어떤 어부들은 족히 180미터가 되리라 짐작하며 실제로는 110미터밖에 되지 않는 지점에 미끼를 놓아두는 경우도 있었다.

하지만 난 정확하게 미끼를 드리울 수 있지, 하고 노인은 생각했다. 단지 내게 운이 따르지 않을 뿐이야. 그런데 누가 알겠어? 어쩌면 오늘 운이 닥쳐올지. 하루하루가 전부 새로운 날이 아니던가. 물론 운이 따른다면 더 좋겠지. 그러나 나로서는 운을 바라기보다 오히려 빈틈없이 해내고 싶어. 그래야 운이 찾아올 때 그걸 받아들일 수 있는 만반의 준비를 갖출 수 있거든.

해가 떠오른 지 벌써 두 시간이 지났으므로 이제는 동쪽을 바라보아도 그다지 눈이 아프지 않았다. 배는 세 척밖에 눈에 띄지 않았고, 그 배들마저 저 멀리 해안선 쪽에 나지막하게 떠 있었다.

평생 동안 이른 아침 햇살에 눈이 상했지, 하고 노인은 생각했다. 하지만 내 눈은 아직도 멀쩡해. 저녁 해를 똑바로 바라보아도 눈앞이 캄캄해지지 않으니까. 저녁 햇살이 지금 햇살보다 훨씬 강한 빛을 내뿜는데도 말이야. 이상하지, 아침 햇살에는 눈이 따가워.

바로 그때 군함새[24] 한 마리가 검고 길쭉한 날개를 활짝 펴고 그의 앞쪽 상공을 맴도는 모습이 보였다. 새는 날개를 뒤로 쭉 젖히고 비스듬하게 수면 위로 급강하하다가 다시 맴돌며 홱 하고 하늘로 솟구쳐 오르더니 공중에서 선회했다.

"저놈이 뭘 찾아낸 모양이로구나. 그냥 먹이를 찾고 있는

24 사다새목(pelecaniformes) 군함새과(fregatidae)에 속하는 다섯 종의 거대한 해양성 조류. 군함새류는 칼새류를 제외하면 모든 조류 중에서 가장 오래 비행하며 잠을 자거나 둥지를 돌볼 때만 땅에 내려앉는다.

게 아냐." 노인이 큰 소리로 말했다.

노인은 새가 빙빙 맴도는 곳을 향해 천천히 그리고 침착하게 노를 저어 나갔다. 조금도 서두르지 않고 낚싯줄이 위아래로 곧추 드리우도록 했다. 그러면서 여전히 물고기를 제대로 낚아 올릴 수 있게끔 해류 속으로 배를 밀어 넣었다. 물론 새를 활용하지 않고 고기를 낚을 때보다 속도가 빠르긴 했지만 말이다.

새는 다시 공중으로 더 높이 솟아오르더니 날개를 움직이지 않고 다시 한 번 빙빙 맴돌았다. 그러고 나서 갑자기 수면으로 급강하했는데 그때 노인은 물 위로 불쑥 튀어 오른 날치가 필사적으로 수면에 미끄러지는 광경을 보았다.

"만새기다!" 노인이 큰 소리로 외쳤다. "큰 만새기야!"

노인은 놋좆에 노를 걸어 놓고, 뱃머리 아래에서 작은 낚싯줄 하나를 꺼냈다. 철사 목줄과 중간 크기의 낚싯바늘이 달린 낚싯줄에 정어리 한 마리를 미끼로 매달았다. 그는 뱃전 너머로 낚싯줄을 던지고는 고물에 있는 고리 달린 볼트에 단단히 동여맸다. 그러고는 다른 낚싯줄에도 미끼를 달아서 줄을 둘둘 사린 뒤 이물 쪽 구석에 놓아두었다. 그는 다시 노를 젓기 시작했고, 길쭉한 날개의 시커먼 군함새가 수면 위로 나지막이 날면서 열심히 먹이 찾는 모습을 지켜보았다.

노인이 지켜보고 있자니 새는 날치의 뒤를 쫓으면서 날개를 비스듬히 기울이고 쓸데없이 사납게 퍼덕거리다가 또다시 급강하했다. 그 순간 노인은 커다란 만새기가 달아나는 날치 떼를 쫓는 까닭에 살짝 부풀어 오르는 수면을 볼 수 있었다. 만새기들은 날치 떼가 나는 수면 아래쪽에서 물을 가르며 기다리고 있다가, 날치가 물 위에 떨어지면 전속력으로 달려들곤 했다. 굉장한 만새기 떼로구나, 하고 그는 생각했다. 만새기 떼가 아주 넓게 흩어져 있으니 날치들로서는 도망칠 기회가 별로 없겠는걸. 군함새가 먹이를 차지할 가망 역시 전혀 없고 말이야. 군함새한테 날치는 너무 큰 먹잇감인 데다 무척 빨리 도망치거든.

노인은 날치 떼가 연거푸 수면 위로 튀어 오르고, 군함새가 헛된 동작을 되풀이하는 모습을 지켜보았다. 저 만새기 떼는 내게서 멀어졌군, 하고 그는 생각했다. 놈들은 너무 빨리, 너무 멀리 달아나고 있단 말이야. 하지만 어쩌면 무리에서 뒤처진 놈 하나쯤은 낚을 수 있겠지. 게다가 내가 노리는 큰 물고기는 만새기 떼 주위에 있을지도 몰라. 내가 찾는 큰 놈은 그 근처 어딘가에 틀림없이 있을 거야.

뭍 위에서는 구름이 산더미처럼 뭉게뭉게 피어올랐다. 해안은 회색빛이 도는 푸른 언덕을 배경으로 한 가닥의 초록색 선처럼 보일 뿐이었다. 바닷물은 이제 거의 보라색에 가까울 정도로 검푸른 빛을 띠었다. 어두운 물속을 들여다보니 체로 쳐낸 듯한 붉은 플랑크톤이 둥둥 떠 있고, 햇빛에 반사되어 이상야릇하게 빛났다. 노인은 보이지 않는 물속으로 낚싯줄이 똑바로 드리워졌는지 유심히 살폈고, 플랑크톤이 풍부한 곳에 고기 역시 많이 몰리기 마련이므로 기분이 좋았다. 해가 좀 더 높이 떠올랐는데도 물속에 이상한 빛깔이 감도는 것을 보니 분명 날씨가 좋을 징조였다. 뭍의 구름 모양을 보아도 알 수 있었다. 이제 군함새는 거의 자취를 감추었고, 바다 위에서는 아무것도 보이지 않았다. 햇살 탓에 노랗게 바랜 모자반류 해초 몇 조각, 고깔해파리의 젤라틴 같은 끈적끈적한 보랏빛 기포가 무지개 빛깔로 반짝이며 조각배 바로 옆에 둥둥 떠 있을 뿐이었다. 고깔해파리는 옆으로 누워 있다가 곧추서기를 반복했다. 물속에서 일 미터가 조금 안 되는 치명적인 자주색 사상체(絲狀體)를 길게 늘어뜨린 채 마치 물거품처럼 유유히 둥실둥실 떠다니고 있었다.

"아구아 말라[25]로구나. 잡것 같으니." 노인이 내뱉었다.

노인은 노에 기댄 채 가볍게 흔들거리는 지점에서 물속을 들여다보았다. 꼬리를 길게 늘어뜨린 사상체 사이로 조그마한 고기들이 헤엄쳐 다니거나, 둥둥 떠다니는 거품 속의 작은 그늘 밑으로 지나다니기도 했다. 이런 고기들은 고깔해파리의 독에 면역이 된 것이다. 그러나 사람은 그렇지 못하므로 낚싯줄에 들러붙은 끈적끈적한 보랏빛 사상체의 일부를 고기를 낚아 올릴 때 혹시 만지기라도 하면 마치 독담쟁이덩굴이나 옻나무를 탄 듯 손이나 팔에 부푼 자국이나 물집이 생겼다. 아구아 말라의 독은 훨씬 빨리 번지는 데다 채찍을 맞은 흔적처럼 부풀어 올랐다.

무지갯빛 거품은 아름다웠다. 그러나 그 거품은 바다에서도 가장 허황하기 짝이 없는 것이라 노인은 커다란 바다거북이 해파리들을 먹어 치우는 모습을 보면 공연히 기분이 좋았다. 바다거북들은 해파리를 발견하면 정면으로 다가가서 눈을 딱 감고 몸은 등껍질 속에 완전히 숨긴 채 사상체니 뭐니 모조리 먹어 치웠다. 노인은 바다거북이 그것들을 잡아먹는 모습을 바라보고 있기를 좋아했다. 또한 폭풍우가 지나간 뒤 해안으로 떠밀려 온 고깔해파리들 위로 걷거나, 뿔처럼 딱딱하게 굳은 발뒤꿈치로 그것들을 밟을 때 펵펵 터지는 소리를

25 '해파리'를 가리키는 스페인어로, 본래 '해로운 물'이라는 뜻이다.

듣는 일 역시 좋아했다.

노인은 우아한 데다 동작이 빠르고 아주 값비싼 녹색 바다거북과 대모거북을 좋아했다. 그러나 몸집만 크고 우둔한 붉은바다거북에게는 친밀감을 느끼면서도 한편 경멸했다. 누런 껍데기를 뒤집어쓴 그놈들은 교미하는 방법도 유별나고, 눈을 지그시 감은 채 자못 만족스러운 듯 고깔해파리를 잡아먹는다.

노인은 지금까지 여러 해 동안 바다거북잡이 배에 올랐으나 바다거북에 대해서는 왠지 아무런 신비감도 느끼지 못했다. 오히려 가엾게만 느껴졌다. 길이는 지금 탄 조각배만 하고, 무게도 일 톤쯤 나가는 큼직한 장수거북조차 가엾다는 생각이 들었다. 대부분의 사람들이 바다거북에게 무자비한 까닭은, 바다거북을 칼로 난도질하고 완전히 토막 내더라도 그 심장이 몇 시간이고 살아 있을 때처럼 고동치기 때문이다. 하지만 내 심장도 바다거북의 것과 비슷하고, 내 손발 역시 바다거북의 것과 다를 바 없지 않은가, 하고 노인은 생각했다. 노인은 기력을 돋우려고 바다거북의 흰 알을 먹었다. 9월과 10월에 힘을 길러 진짜 대어를 많이 낚을 수 있도록 5월 내내 바다거북의 알을 먹어 두었던 것이다.

또한 노인은 어부들이 어구를 맡겨 두는 오두막집의 커다란 드럼통 속에 들어 있는 상어의 간유도 날마다 한 잔씩 마셨다. 누구든 마시고 싶은 사람은 마음껏 마실 수 있도록 그곳에 놓아둔 것이었다. 그러나 대부분의 어부들은 그 맛을 끔찍이도 싫어했다. 싫은 것으로 말하자면 매일 아침 일찍 일어나야 하는 일보다 더 고약한 게 있을까. 상어의 간유는 감기와 독감에도 아주 효과적일 뿐 아니라 눈에도 좋았다.

노인이 문득 눈을 들어 보니 군함새가 또다시 공중에서 빙빙 맴돌고 있었다.

"저놈이 고기를 찾았구나." 노인은 큰 소리로 말했다. 이제는 해수면을 박차고 날아오르는 날치도 보이지 않았고, 먹잇감이 되는 물고기들이 흩어지는 모습도 보이지 않았다. 그런데 노인이 바다를 지켜보는 동안 조그마한 다랑어 한 마리가 공중으로 뛰어오르더니 빙글빙글 돌다가 대가리부터 물속으로 처박으며 떨어졌다. 다랑어는 햇빛을 받아 은색으로 빛났다. 그놈이 물속으로 떨어지자 다른 놈들도 잇달아 뛰어올랐다가 사방으로 곤두박질하고, 물을 휘저으며 먹잇감을 향해 멀리 껑충 뛰었다. 다랑어들은 먹잇감 주변을 둥글게 돌며 그것들을 쫓아가고 있었다.

저놈들이 저렇게 빨리 달리지만 않는다면 그놈들 속에 들어가 볼 수 있을 텐데, 하고 노인은 생각했다. 그는 하얗게 물거품을 일으키는 다랑어 떼와, 겁에 질려 어쩔 수 없이 수면 위로 쫓겨 나온 먹잇감 물고기들을 향해 군함새가 잽싸게 주둥이를 첨벙 내리 덮치는 모습을 지켜보았다.

"군함새가 큰 도움이 된단 말이야." 노인이 말했다. 바로 그때 한 바퀴 감아서 발로 누르고 있던 고물의 낚싯줄이 팽팽하게 당겨졌다. 그는 노를 내려놓고 낚싯줄을 단단히 잡아 끌어당기는 동안, 몸을 부르르 떨며 줄에 매달린 조그마한 다랑어의 무게를 느낄 수 있었다. 낚싯줄을 잡아당길수록 진동이 더욱 거세지더니 뱃전 너머 배 안으로 끌어 들이기 직전, 물속으로 고기의 푸른 등과 황금빛 옆구리가 보였다. 몸집이 탱탱하고 탄알 같은 그놈은 햇볕을 받으며 고물 쪽에 벌렁 드러누웠다. 큼직하고 멍청한 두 눈알을 동그랗게 부릅뜨고, 쭉 뻗은 날렵한 꼬리로 배 바닥의 널빤지를 날래게 내리치면서 스스로 목숨을 재촉하고 있었다. 노인은 친절하게도 그놈의 대가리를 두들기고는, 여태 몸을 떨어 대는 녀석을 고물 구석 아래쪽으로 걷어차 버렸다.

"날개다랑어군. 훌륭한 미끼가 되겠는걸. 족히 사 킬로그램 반은 나갈 것 같은데." 노인이 큰 소리로 말했다.

노인은 도대체 언제부터 혼자 있을 때면 이렇게 큰 소리로 혼잣말을 하게 됐는지 잘 기억하지 못했다. 예전에 홀로 있을 때는 곧잘 노래를 불렀고, 스맥선[26]이나 바다거북잡이 배를 타고 한밤중에 외로이 당번을 서며 키를 잡을 때도 가끔 노래를 부르곤 했다. 이렇게 큰 소리로 혼잣말을 하기 시작한 것은, 아마도 소년이 배를 떠나고 홀로 고기잡이를 하면서부터인 듯싶었다. 그러나 확실히 기억나지는 않았다. 소년과 함께 고기잡이를 할 때도 꼭 필요한 경우가 아니라면 서로 말을 하지 않았다. 한밤중이거나 사나운 폭풍우에 갇혀 있을 때에야 두 사람은 이야기를 나누었다. 바다에서는 쓸데없이 말을 지껄이지 않는 것이 미덕이었고, 노인은 언제나 그렇게 생각하며 그대로 지켰다. 그러나 지금은 귀찮아하는 사람이 아무도 없었으므로 자신의 생각을 입 밖으로 우렁차게 몇 번이고 지껄여 댔다.

"만약 남들이 내가 큰 소리로 혼자 지껄이는 걸 들으면 아마 나더러 미쳤다고 하겠지. 하지만 나는 미치지 않았으니 상관없어. 돈 있는 어부들은 배 안으로 라디오까지 가지고 와서 세상 얘기도 듣고, 또 야구 중계도 듣는다지." 그가 큰 소리로

26 물고기를 산 채로 잡아 두는 통발을 갖춘 어선.

말했다.

지금은 야구 생각을 할 때가 아니지, 하고 그는 생각했다. 지금은 한 가지 일에 집중할 때야. 그 일을 위해 내가 태어나지 않았던가. 저 다랑어 떼 주변에 어쩌면 큰 놈이 하나 있을지도 몰라, 하고 그는 생각했다. 나는 다만 먹이를 먹다가 무리에서 낙오한 놈을 하나 낚아 올렸을 따름이야. 하지만 저놈들은 저렇게 멀리, 그리고 저토록 빠르게 가 버렸군. 오늘 수면에 나타나는 것들은 하나같이 북동쪽으로 매섭게 달리고 있어. 이건 지금이 그런 시간대이기 때문일까? 아니면 내가 알지 못하는 어떤 날씨의 징조일까?

노인의 눈에 이제 더 이상 해안의 초록빛 선은 보이지 않았다. 다만 푸른 언덕이 마치 눈에 덮인 듯 새하얀 모습을 드러내고 있었으며, 다시 그 위로 설산이 우뚝 솟은 양 흰 구름이 뭉게뭉게 피어오르고 있을 뿐이었다. 바다는 아주 어두운 빛을 띠었고, 햇빛이 물속에서 프리즘을 만들어 냈다. 수없이 많은 플랑크톤 무리가 하늘 높이 떠 있는 태양 때문에 이제 완전히 사라지고 말았다. 노인의 눈에 보이는 것이라곤 푸른 물속 깊이 비치는 짙은 프리즘과, 일 킬로미터 반쯤 되는 물속으로 똑바로 드리워진 낚싯줄뿐이었다.

다랑어는 다시 물속에 잠겨 버렸다. 어부들은 이런 종류의 고기들을 모두 다랑어라고 불렀고, 물고기를 팔거나 미끼와 교환할 때만 고유한 이름으로 구별해서 불렀다. 이제 해가 뜨겁게 내리쬐었으므로 노인은 목덜미로 뜨거운 햇살을 느꼈다. 노를 젓는 그의 등골을 타고 땀이 줄줄 흘러내렸다.

이제 배가 물결에 떠내려가도록 내버려 두고 한숨 잘 수 있겠군, 하고 노인은 생각했다. 낚싯줄로 고리를 만들어 발가락에 걸어 놓으면 바로 갤 수 있을 거야. 하지만 오늘로 벌써 여든 날하고도 닷새째이니 무슨 일이 있든 큰 놈을 낚아 올려야 한다.

바로 그때 낚싯줄을 지켜보던 노인의 눈에 물 위로 솟은 초록색 막대기가 돌연 물속으로 푹 잠기는 것이 보였다.

"옳거니! 옳거니!" 그가 말했다. 그는 노가 배에 세게 부딪치지 않도록 노받이에 가만히 올려놓았다. 그리고 오른팔을 뻗어서 엄지손가락과 집게손가락으로 살며시 낚싯줄을 잡았다. 잡아당기는 힘도 무게도 느껴지지 않았으므로 그냥 낚싯줄을 가볍게 붙잡고 있었다. 이윽고 또다시 잡아당기는 힘이 느껴졌다. 이번엔 그저 시험 삼아 건드려 보는 입질인지 강도나 무게는 별로 느껴지지 않았다. 그는 모든 상황을 마치 손바닥 들여다보듯 훤히 알고 있었다. 180미터나 되는 바다 밑에서 지금 청새치 한 마리가 낚싯바늘의 뾰족한 끝과 그 허리 부분을 감싸고 있는 정어리들을 뜯어 먹고 있으리라. 그리고 그 미끼 속에는 노인이 손수 만든 낚싯바늘이 작은 다랑어의 대가리를 뚫고 불쑥 돋아 있었다.

노인은 정교하게 낚싯줄을 잡고, 왼손으로 살그머니 그것을 낚싯대에서 풀어 놓았다. 이제는 고기에게 아무런 저항을 주지 않고서도 낚싯줄을 손가락 사이로 얼마든지 풀 수 있었다.

이토록 먼 바다까지 나온 걸 보면, 이번 달에 걸린 고기로는 아주 큰 놈임이 틀림없어, 하고 그는 생각했다. 자, 어서 잡수시지, 물고기 양반. 마음껏 잡수시라고. 제발 마음껏 드시라니까 그러네. 그 얼마나 싱싱한 미끼더냐. 그리고 넌 180미터가 넘는 그 차갑고 어두운 물속에 들어가 있다고. 그래, 어둠 속을 다시 한 바퀴 돌고 와서 먹으려무나.

가볍고 조심스럽게 줄이 당겨지고 있음을 느꼈고, 곧이어 낚싯바늘에서 정어리 대가리를 빼내기가 힘든지 이번에는 좀 더 센 입질을 느꼈다. 그러고는 아무 반응 없이 다시 조용해졌다.

"자! 한 바퀴 더 돌고 와. 어디 냄새를 한번 맡아 보시지. 냄새가 참 구수하지? 자, 이제 잡숴 보시지. 다랑어도 있잖아. 얼마나 탱탱하고 신선하고 맛있는데. 체면 차릴 것 없어, 물고기 양반. 자, 어서 잡수시라고." 노인이 큰 소리로 말했다.

노인은 엄지손가락과 집게손가락으로 낚싯줄을 쥔 채 물고기가 위아래로 헤엄칠 경우를 대비해서 동시에 다른 낚싯줄도 지켜보며 기다렸다. 바로 그때 조금 전처럼 가볍게 입질하는 것이 느껴졌다.

"이번에는 미끼를 물 테지. 하느님, 그놈이 제발 콱 물게 해 주십시오!" 노인이 큰 소리로 말했다.

그러나 고기는 이번에도 물지 않았다. 아예 달아나 버렸는지 노인은 아무런 반응도 느낄 수 없었다.

"저놈이 도망갈 리가 없는데. 절대로 도망갈 리가 없어. 그냥 한 바퀴 도는 걸 거야. 어쩌면 전에 낚시에 걸린 적 있어서 그때 일을 기억하고 있는지도 모르지."

그 순간 낚싯줄에 가벼운 반응이 오자 노인은 흐뭇하게 미소 지었다.

"역시 한 바퀴 돌고 왔군. 이젠 틀림없이 먹겠지."

노인은 가볍게 끌어당겨지는 느낌에 기분이 좋았고, 그다음 순간 뭔가 거세고 도저히 믿기지 않을 만큼 육중한 존재감이 감지됐다. 그것은 틀림없이 물고기의 무게였다. 그는 여분으로 준비해 놓은 두 개의 예비 낚싯줄 중 하나를 아래로 연신 풀었다. 낚싯줄이 그의 손가락 사이에서 살며시 풀려 내려가는 동안, 비록 엄지손가락과 집게손가락은 아무런 저항도 느끼지 못했지만, 여전히 육중한 무게감을 느낄 수 있었다.

"굉장한 놈이로군. 미끼를 비스듬히 입에 물고 도망치고 있어." 노인이 말했다.

한 바퀴 돌고는 미끼를 삼켜 버릴 테지, 하고 그는 생각했다. 그러나 그런 생각을 입 밖으로 꺼내지는 않았다. 뭔가 좋은 일은 입 밖으로 내뱉으면 부정 탄다는 사실을 잘 알았기 때문이다. 그는 굉장히 큰 고기임을 알았고, 다랑어를 비스듬히 입에 물고 어두운 바닷속으로 도망치는 그놈의 모습을 머릿속으로 상상해 보았다. 바로 그 순간 고기가 갑자기 동작을 멈추었음을 느꼈지만 중량감만큼은 그대로 남아 있었다. 이윽고 무게감이 훨씬 불어나자 그는 낚싯줄을 더 풀었다. 잠시 엄지손가락과 집게손가락의 압력을 높이자 줄은 점점 무거워지더니 곧장 아래쪽으로 내려갔다.

"이놈이 미끼를 삼켜 버렸군. 잘 집어삼키도록 해 줘야지." 그가 말했다.

노인은 손가락 사이로 낚싯줄이 풀려 내려가는 광경을 지켜보면서 마침내 왼손을 뻗어 여분의 낚싯줄 두 개의 끄트머리를 다른 예비 낚싯줄 두 개에다 단단히 붙들어 맸다. 이제 만반의 준비가 끝난 셈이었다. 지금 사용하는 낚싯줄 말고도 70미터짜리 낚싯줄을 세 개나 더 확보했기 때문이다.

"좀 더 삼키시지. 아주 꿀꺽 삼키라는 말이다." 그가 말했다.

낚싯바늘 끝이 네 심장 깊숙이 박혀서 아주 숨통이 끊길 때까지 꿀꺽 삼켜 버려, 하고 그는 생각했다. 자, 이제 순순히

물 위로 떠올라 오시지. 작살로 푹 찌를 수 있도록 말이야. 옳지, 각오는 되었겠지? 이젠 그만하면 실컷 잡수셨겠지?

"자!" 그는 큰 소리로 외치면서 손뼉을 세게 치고는 일 미터쯤 낚싯줄을 잡아당겼다. 그러고는 또다시 여러 번 손뼉을 치면서 두 팔의 힘과 온몸의 무게를 실어 팔을 번갈아 내밀었다. 그렇게 낚싯줄을 힘껏 당기고 또 당겼다.

그러나 아무 반응도 없었다. 고기는 그냥 천천히 달아나 버릴 뿐 노인은 조금도 끌어 올릴 수 없었다. 그의 낚싯줄은 본디 큰 고기를 잡기 위해 만든 것이므로 튼튼했다. 낚싯줄에서 물방울이 튈 정도로 그는 그것을 등에다 대고 팽팽하게 잡아당겼다. 이어 줄이 물속에서 천천히 쉿쉿 소리를 내기 시작했고, 그는 배의 가름대에 앉아 끌어당기는 힘에 맞서 몸을 뒤로 버티며 여전히 줄을 잡고 있었다. 조각배는 북서쪽을 향해 천천히 움직이기 시작했다.

물고기는 한결같은 속도로 이동했고, 그렇게 배와 고기는 잔잔한 바다 위를 한가로이 헤쳐 나갔다. 다른 미끼들은 아직 물속에 남아 있었지만 달리 손쓸 도리가 없었다.

"옆에 그 녀석이 있으면 좋을 텐데." 노인이 큰 소리로 말했다. "나는 지금 고기한테 끌려가는 밧줄 걸이가 된 셈이야. 이 줄을 어딘가에 단단히 잡아맬 수도 있겠지. 하지만 그렇게 했다가는 그놈이 줄을 끊어 버릴지도 몰라. 어떻게든 붙잡고 있다가 고기가 끌고 나아갈 때에 줄을 더 풀어 줘야 해. 이놈이 물속으로 들어가지 않고 이렇게 옆으로 움직이는 것만도 천만다행이지 뭐야."

그런데 만약 이놈이 물속으로 내려갈 작정이라면 어떻게 한담? 또 이놈이 물 밑으로 곤두박질치다가 죽기라도 하면 어떻게 하지? 아아, 모르겠는걸. 하지만 무슨 수를 써 봐야지. 내게도 방법은 많으니까.

노인은 여전히 등에 낚싯줄을 걸친 채, 물속에 비스듬히 꽂힌 줄을 따라 조각배가 북서쪽 방향으로 꾸준히 끌려가는 상황을 지켜보았다.

이러다가 죽을 테지, 하고 노인은 생각했다. 언제까지고 이렇게 버티고만 있을 수는 없을 테니. 그러나 네 시간이 지나도록 고기는 여태 배를 끌면서 먼 바다로 헤엄쳐 가고 있었다. 노인 역시 낚싯줄을 아직 등에 걸친 채 꿋꿋이 버티고 있었다.

"저놈이 낚시에 걸려든 게 정오 무렵이었지. 그런데 이제껏 녀석의 낯짝조차 보지 못했단 말이야."

노인은 물고기가 낚시에 걸리기 전부터 밀짚모자를 깊숙이 눌러쓰고 있던 탓에 이마가 쓰리고 아팠다. 또한 갈증이 나서 두 무릎을 꿇고, 낚싯줄이 돌연 당겨지지 않도록 조심하면서 가능한 한 뱃머리 쪽으로 가까이 기어가서는 한 손을 뻗어 물병을 집어 들었다. 그는 뚜껑을 열고 물을 조금 마셨다. 그러고는 뱃머리에 몸을 기대고 쉬었다. 돛대 받침에서 뽑아 둔 돛대와 돛 위에 앉아 휴식을 취하면서 아무 생각도 없이 오직 참고 견딜 뿐이었다.

그러고 나서 문득 뒤를 돌아보니 뭍이 보이지 않았다. 뭍이 보이지 않는 것이 어떻단 말인가, 하고 그는 생각했다. 난 언제든지 아바나 쪽에서 비치는 밝은 빛을 보고 항구로 돌아갈 수 있거든. 해가 지려면 아직 두 시간이나 남았고, 어쩌면 그때까지 이놈이 물 위로 올라와 줄지도 모르지. 만약 그때까지 올라오지 않는다면 달이 떠오를 무렵에는 올라와 주겠지. 또 그때까지도 올라오지 않는다면 내일 아침 해가 뜰 때에는 올라와 주겠지. 지금 내 몸엔 쥐도 나지 않고, 기운이 팔팔 흘러넘치고 있어. 입에 낚싯바늘이 걸린 건 저놈이야. 하지만 저렇게 끌어 대다니 대단한 놈이로군. 철사 목줄에 주둥아리가 단단히 걸렸음이 틀림없어. 저놈 낯짝을 한번 봤으면 좋겠는데. 내 상대가 어떤 놈인지 알기 위해서라도 저놈을 꼭 한번 봤으면 좋으련만.

노인이 별을 살피고 판단해 보니, 물고기는 그날 밤새도록 진로나 방향을 조금도 바꾸지 않았다. 해가 떨어지자 기온이 내려갔고, 노인의 등과 두 팔, 노쇠한 다리에 흘렀던 땀이 마르면서 한기가 돌았다. 미끼 상자를 덮어 두었던 부대를 벗겨 내서 낮 동안 햇볕에 말려 놓았었다. 그는 등이 덮이게끔 부대를 목 주위에 감고는 어깨를 가로지른 낚싯줄 밑으로 조심스럽게 밀어 넣었다. 부대가 낚싯줄의 완충제 역할을 해 주었고, 뱃머리에 기댄 채 몸을 앞쪽으로 기울이고 앉는 방법을 찾아냈으므로 제법 편안하게 대기할 수 있었다. 실제로는 견딜 수 없는 자세를 겨우 면한 데에 지나지 않았지만, 그럼에도 퍽 편안해졌다고 여겼던 것이다.

나도 저놈을 어떻게 할 도리가 없고, 저놈 역시 나를 어떻게 할 도리가 없겠지, 하고 그는 생각했다. 저놈이 지금처럼 계속 버틴다면 말이야.

한번은 일어나서 뱃전 너머로 오줌을 누고, 또 별을 올려다보며 진로를 확인했다. 그의 어깨에서 곧장 뻗어 나간 낚싯줄은 물속에서 마치 한 줄기 인광처럼 보였다. 이제 배와 고기는 아까보다 느린 속도로 움직이고 있었다. 아바나 쪽 하늘이 그리 밝지 않은 것으로 보아, 해류를 타고 동쪽으로 밀려가고 있음이 틀림없었다. 만약 아바나의 불빛이 보이지 않는다면 우리는 좀 더 동쪽으로 향하고 있음이 분명해, 하고 그는 생각했다. 만약 이놈의 고기가 옳은 진로로 헤엄쳐 가고 있다면, 난 벌써 몇 시간 전에 불빛을 보았을 테니 말이야. 오늘 메이저리그 경기는 어떻게 되었을까, 하고 그는 생각했다. 라디오로 야구 중계를 들을 수 있다면 얼마나 멋질까. 아니, 계속 저놈만을 생각해야지, 하고 그는 곧 다짐했다. 네가 지금 하고 있는 일만을 생각하라는 말이야. 어리석은 짓을 하면 절대로 안 돼.

그러고 나서 노인은 큰 소리로 말했다. "그 애가 옆에 있다면 얼마나 좋을까. 나를 도와줄 수도 있고, 이걸 구경할 수도 있을 텐데."

늙어서는 어느 누구도 혼자 있으면 안 돼, 하고 그는 생각했다. 하지만 별수 없는걸. 그래, 저 다랑어가 상하기 전에 먹고 얼른 기운을 차려야지. 아무리 먹기 싫더라도 아침에는 꼭 먹어야 해. 절대로 잊어서는 안 돼, 하고 그는 스스로를 타일렀다.

밤중에 돌고래 두 마리가 조각배 주위에 다가와서 이리저리 뒹굴며 물을 내뿜는 소리가 들렸다. 노인은 수컷이 물을 내뿜는 소리와 암컷이 한숨을 쉬듯 물을 내뿜는 소리를 분간할 수 있었다.

"착한 놈들이야. 돌고래들은 함께 놀고 장난도 치며 사랑을 나누지. 저 녀석들도 날치와 마찬가지로 우리의 형제들이야." 그가 말했다.

그러고 나서 노인은 자기 낚시에 걸린 큰 물고기가 불쌍하다고 생각하기 시작했다. 멋지고 별난 놈이야. 도대체 나이를 얼마나 먹은 놈일까, 하고 그는 생각했다. 이렇게 힘센 놈,

또 이렇게 별나게 구는 놈은 머리털 나고 이번이 처음이지 뭐야. 날뛰지 않는 것을 보니 여간 똑똑한 놈이 아닌걸. 이놈이 날뛰거나 마구 요동치면은 꼼짝없이 내가 끝장나고 말 테지. 하지만 아마 전에도 여러 번 낚시에 걸린 경험이 있어서 이럴 때는 지금처럼 싸워야 한다고 생각하는 모양이야. 자신의 상대가 오직 한 사람뿐이며 게다가 나이 든 늙은이라는 사실은 까맣게 모를 거야. 아무튼 굉장한 놈이야. 이놈의 육질이 좋다면 시장에서 값비싸게 팔리겠지. 미끼를 먹는 것도, 낚싯줄을 끌고 가는 것도 딱 사내답군. 싸울 때 조금도 당황하는 기색이 없단 말이야. 저놈에게 무슨 계획이라도 있는 걸까, 아니면 나와 마찬가지로 그저 필사적인 상황인 것일까?

노인은 언젠가 청새치 한 쌍 중에서 한 마리를 낚았던 일을 떠올렸다. 먹이를 발견하면 수놈은 언제나 암컷에게 먼저 양보한다. 그때 낚시에 걸려든 물고기는 암놈이었는데, 겁에 질려 사방으로 마구 날뛰면서 필사적으로 투쟁하다가 곧 기진맥진해 버렸다. 그러는 동안 수놈은 계속 암컷 옆에 붙어서 낚싯줄을 넘어 다니기도 하고, 암컷과 함께 둥그렇게 원을 그리며 수면을 맴돌기도 했다. 수놈이 너무 암놈 가까이 따라다녔기 때문에, 모양부터 큰 낫 같은 날카롭고 커다란 꼬리로 혹시 낚싯줄을 끊어 버리지나 않을까 걱정되었다. 노인은 암놈을 갈고리로 끌어 올리고 몽둥이로 후려갈겼다. 가장자리가 사포처럼 거칠고 쌍날칼같이 뾰족한 주둥이를 잡고 몽둥이로 골통을 마구 후려치니 마침내 물고기의 빛깔이 거울 뒷면의 칙칙한 색으로 변해 버렸다. 그러고 나서 소년의 도움을 받아 그놈을 배 안으로 끌어 올렸을 때까지 수놈은 한시도 뱃전을 떠나지 않았다. 그런 뒤 노인이 낚싯줄을 풀고 작살을 준비하는 동안, 수놈은 암놈이 있는 곳을 보려고 뱃전 옆에서 공중으로 높이 뛰어오르며 마치 날개 같은 자주색 가슴지느러미를 활짝 펴고 널찍한 자줏빛 줄무늬를 드러내 보이더니 물속 깊이 자취를 감춰 버렸다. 참으로 아름다운 놈이었지, 하고 노인은 그때의 추억을 되새겼다. 마지막까지 머물러 있더니만.

청새치를 잡으면서 겪은 일 중에 가장 슬픈 사건이었어, 하고 노인은 생각했다. 그 애도 슬퍼했고, 우리는 암놈에게 용서를 빌고는 즉시 칼질해 버렸지.

"그 애가 지금 내 옆에 있다면 얼마나 좋을까." 노인은 큰 소리로 말하고 나서 둥그스름한 이물 널빤지에 몸을 기댔다. 그러자 어깨에 가로질린 낚싯줄을 통해 스스로 선택한 진로로 꾸준히 나아가는 큰 물고기의 힘이 느껴졌다.

일단 내 계책에 걸려든 이상, 어느 편이든 선택하지 않고는 못 배길 거야, 하고 노인은 생각했다.

그런데 이놈이 선택한 방법이란 온갖 올가미나 덫이나 계략이 미칠 수 없는 먼 바다의 깊고 어두운 물속에 잠기겠다는 것이지. 그리고 내가 선택한 방법이란 모든 사람이 다다르지 못한 그곳까지 좇아가서 네놈을 찾아내는 것이고. 이 세상의 모든 사람이 가닿지 못한 그곳까지 말이야. 그래서 우리는 지금 함께 있는 것이고, 정오부터 줄곧 이렇게 함께 있었던 거야. 더구나 우리를 도와주는 사람 하나 없이 말이야.

차라리 어부가 되지 말걸 그랬나 보다, 하고 노인은 생각했다. 그렇지만 어부가 되는 것이 나의 타고난 운명이 아니던가. 날이 밝는 대로 잊지 말고 꼭 다랑어를 먹어야지.

먼동이 트기 얼마 전, 그의 뒤쪽에 내려 둔 미끼 하나에 뭔가가 걸려들었다. 갑자기 막대기가 부러지면서 낚싯줄이 뱃전 밖으로 풀려 나가는 소리가 들리기 시작했다. 그는 어둠 속에서 칼집에 든 칼을 꺼내, 뱃전에 기댄 왼쪽 어깨로 물고기의 모든 중량을 받아 내면서 뱃전 널판에 대고 낚싯줄을 끊어 버렸다. 그러고 나서 가장 가까이 있는 다른 줄도 끊어 버리고, 어둠 속에서 예비 낚싯줄의 풀린 끝과 끝부분을 단단히 동여 맸다. 노인은 한 손으로 이 일을 능란하게 해치웠으며, 매듭을 힘껏 동여매는 동안 둘둘 감아 놓은 낚싯줄을 한쪽 발로 꽉 누르고 있었다. 이제 모두 여섯 개의 예비 낚싯줄이 생긴 셈이었다. 방금 끊어 버린 것에서 각각 두 개, 지금 고기가 물고 있는 낚싯줄에서 또 두 개, 그것들은 모두 서로 연결되어 있었다.

날이 밝으면 어떻게 해서든 70미터짜리 낚싯줄이 있는 데로 가서 그것마저 끊어 버리고 예비 낚싯줄에다 연결해 둬야겠는걸, 하고 그는 생각했다. 결국 400미터 가까이 되는 카탈로니아[27]산(産) 질 좋은 낚싯줄이랑, 낚시와 목줄 전부를 잃어버리는 셈이구나. 그거야 또 장만하면 되지. 하지만 다른 고기를 잡으려다가 이 큰 놈이 달아나기라도 하면, 그건 누가 보상해 준담? 지금 막 미끼를 문 놈이 어떤 고기인지 나는 몰라. 청새치나 황새치, 아니면 상어였겠지. 무슨 고기가 걸렸는지 제대로 느껴 보지도 못했으니까. 너무 급하게 놓아줘야 했거든.

“그 애가 옆에 있다면 정말 좋으련만.” 노인이 큰 소리로 말했다.

하지만 소년은 지금 자네 곁에 없잖아, 하고 그는 생각했다. 그래, 지금은 나 혼자뿐이니 어둡건 말건, 아무튼 마지막 낚싯줄이 있는 곳으로 가서 그것마저 끊어 버리고 예비 낚싯

27 스페인 동북부 지방으로, 양질의 질긴 밧줄을 생산하기로 유명한 곳이다.

줄 두 개를 연결해 두는 편이 좋겠어.

그래서 노인은 그렇게 했다. 어둠 속이라 작업하기 어려웠고, 한번은 저놈이 갑자기 움직이는 바람에 앞으로 고꾸라지며 얼굴 아랫부분이 찢어지기까지했다. 피가 뺨을 타고 조금씩 흘러내렸다. 그러나 턱까지 흐르기도 전에 말라 엉겨 붙었다. 그는 간신히 이물 쪽으로 돌아와서 판자에 몸을 기대고 쉬었다. 부대의 위치를 바로잡은 뒤 조심스럽게 낚싯줄을 움직여 다른 쪽 어깨 위에 걸쳤다. 그리고 어깨의 힘으로 줄을 고정하면서 고기가 끌어당기는 힘을 주의 깊게 가늠해 보았다. 그러고는 한 손을 물에 담가서 수면 위로 나아가는 조각배의 속도를 헤아렸다.

저놈이 뭣 때문에 그토록 몸부림쳤을까, 하고 노인은 생각했다. 목줄의 철사가 놈의 언덕같이 큼직한 등을 긁었음이 틀림없어. 그래도 놈의 등짝은 분명 내 등만큼 아프지는 않을 거야. 하지만 네놈의 덩치가 아무리 커도 이 배를 영원히 끌고 다닐 순 없겠지. 문제 될 만한 일은 모조리 해치웠겠다, 예비 낚싯줄도 충분히 있겠다, 이제 더 바랄 게 없어.

"물고기야!" 노인은 크지만 부드러운 목소리로 말을 걸었다. "난 죽을 때까지 너랑 같이 있을 테다."

아마 저놈도 나하고 끝까지 같이 있으려 하겠지, 하고 노인은 생각하면서 어서 날이 밝기를 기다렸다. 날이 밝기 전 이 시각은 늘 추웠고, 그래서 몸을 따뜻하게 하려고 뱃전에 몸을 밀착했다. 저놈이 버티는 한 나도 버틸 수 있지, 하고 그는 생각했다. 날이 밝기 시작하자 낚싯줄이 물속으로 풀려 내려갔다. 조각배는 한결같이 움직였고, 아침 해가 수평선 위에 첫 모습을 드러내자 노인의 오른쪽 어깨에 햇살이 비쳤다.

"놈은 북쪽으로 향하고 있구나." 노인이 말했다. 하지만 해류 때문에 우리는 멀리 동쪽으로 밀려나게 될 거야, 하고 그는 생각했다. 저놈이 해류를 타고 방향을 바꿔 주면 좋으련만. 그건 놈이 지쳤다는 증거인데 말이야.

해가 좀 더 높이 떠올랐지만 노인은 고기가 조금도 지치지 않았다는 사실을 깨달았다. 다만 한 가지 유리한 징조가 보였다. 낚싯줄이 기운 각도를 보니 고기가 아까보다 위쪽으로 떠올라 헤엄치고 있음을 알 수 있었다. 그렇다고 저놈이 뛰어오르리라고 장담할 순 없는 노릇이었다. 물론 그럴 가능성이 전혀 없지도 않았지만 말이다.

"하느님, 제발 저놈이 뛰어오르게 해 주세요. 저놈을 다룰 낚싯줄은 충분히 가지고 있습니다." 노인이 말했다.

내가 조금만 더 팽팽하게 줄을 잡아당기면 아마 저놈은 아파서 뛰어오를지도 몰라, 하고 그는 생각했다. 이제 날도 밝았으니 저 녀석을 뛰어오르게 해야겠는걸. 그리고 등뼈를 따라 붙은 부레에 공기가 가득 차서 깊은 물속으로 들어가 죽는 일도 없게끔 해야지.

노인은 줄을 좀 더 팽팽하게 당겨 보려고 했지만, 고기가 걸렸을 때부터 지금까지 줄은 당장 끊길 듯 단단히 긴장된 상태였다. 몸을 뒤로 젖히고 줄을 당기자 저항이 느껴졌으므로 이제 더 세게 잡아당겨서는 안 된다는 점을 알 수 있었다. 절대로 잡아당겨서는 안 되겠는걸, 하고 그는 생각했다. 세게 잡아당길 때마다 낚시에 걸린 상처가 벌어질 테고, 그러면 고기가 뛰어오를 때 낚시가 벗겨져 버릴지도 몰라. 어쨌든 해가 떠오르니 한결 기분이 좋구나. 이번만은 해를 정면으로 바라보지 않아도 되고.

낚싯줄에 누런 해초가 매달렸지만 오히려 노인은 해초의 무게가 고기에게 짐이 될 뿐이라는 사실을 알았으므로 기분이 흐뭇했다. 밤이 되면 그렇게도 강렬히 인광을 번쩍이던 누런 모자반류의 해초였다.

"물고기야, 나는 너를 끔찍이도 좋아하고 존경한단다. 하지만 오늘이 가기 전에 난 너를 죽이고 말 테다." 노인이 말했다.

그렇게 되기를 빌자, 하고 노인은 생각했다.

그때 조그마한 새 한 마리가 북쪽에서 조각배를 향해 날아왔다. 휘파람새는 수면 가까이, 아주 나지막이 날고 있었다. 노인은 새가 몹시 지쳐 있음을 알 수 있었다.

새는 배의 고물에 가서 지친 날개를 쉬었다. 그러고 나서 노인의 머리 위를 맴돌다가, 이번에는 좀 더 편안한 낚싯줄 위에 가서 앉았다.

"너 몇 살이냐? 이번 여행이 첫나들이인 거야?" 노인은 새에게 물었다.

노인이 말을 걸자 새는 노인을 바라보았다. 새는 너무 기진맥진한 상태여서 낚싯줄을 제대로 살펴볼 겨를조차 없었다. 가냘픈 발가락으로 꽉 움켜잡은 낚싯줄이 아래위로 흔들거렸다.

"줄은 튼튼해. 아주 단단하다고. 간밤에는 바람 한 점 없었는데 그렇게 지쳐서야 되겠니." 노인이 새에게 말했다. "도대체 새들은 앞으로 어떻게 되는 걸까?"

이런 새들을 노리고 먼 바다까지 날아오는 매들이 있지, 하고 노인은 생각했다. 그러나 그는 이것에 대해 새에게 아무 말도 들려주지 않았다. 말해 봤자 알아듣지도 못할 것이고, 머지않아 매에 대해 알게 될 테니 말이다.

"실컷 푹 쉬어라, 작은 새야. 그러곤 뭍으로 날아가서 인간이나 다른 새나 물고기처럼 네 행운을 잡으려무나." 그가 말했다.

밤 동안 등이 뻣뻣했고, 지금은 심한 통증까지 있었다. 그런데 새에게 말을 걸고 나니 노인은 힘이 솟았다.

"새야, 네가 좋다면 우리 집에 머물러도 좋아. 지금 미풍이 부는데도 돛을 올리고 너를 뭍까지 데려다주지 못해서 미안하구나. 하지만 나는 지금 친구와 함께 있단다." 노인이 말했다.

바로 그때 물고기가 갑자기 요동치는 바람에 노인은 이물쪽으로 그만 고꾸라지고 말았다. 몸을 버티면서 줄을 조금 풀어 주지 않았더라면 아예 물속으로 끌려 들어갈 뻔했다.

낚싯줄이 갑자기 당겨졌으므로 새는 하늘로 날아가 버렸다. 그러나 노인은 새가 날아가는 것도 보지 못했다. 오른손으로 조심스럽게 낚싯줄을 만져 보다가 손에서 피가 흐르고 있음을 알아챘다.

"뭔가가 저놈을 아프게 했던 모양이로군." 노인은 큰 소리로 말하고 나서, 물고기의 방향을 바꿀 수 있는지 알아보려고 낚싯줄을 당겼다. 한데 줄은 당장이라도 끊길 듯 팽팽하게 당겨졌고, 그는 그대로 줄을 꽉 걸머쥔 채 뒤로 버텼다.

"물고기야, 너도 그걸 느끼고 있구나. 정말이지 나 역시 그렇단다." 그가 말했다.

노인은 새와 벗 삼을 수 있으리라고 생각했기 때문에 그제야 사방을 둘러보면서 새를 찾았다. 그러나 새는 온데간데없었다.

오래 쉬지도 못하고 그만 가 버렸구나, 하고 노인은 생각했다. 하지만 해안가에 도착할 때까지 더욱 어려운 고비를 겪게 될 거야. 물고기가 한 차례 홱 잡아당겼다고 손에 상처가 나다니 당최 어떻게 된 거람? 내가 아주 멍청해진 게 틀림없어. 아니면 작은 새 한 마리에 정신이 팔려 있었는지도 몰라. 이젠 내 일에만 집중해야겠군. 기운을 잃지 않도록 다랑어도 먹어 둬야지.

"지금 그 애가 내 곁에 있고, 또 소금이 조금이라도 있으면 좋으련만." 그는 큰 소리로 말했다.

노인은 낚싯줄의 무게를 왼쪽 어깨로 옮기고 조심스럽게 무릎을 꿇은 채 바닷물에 한 손을 씻었다. 일 분 넘게 바닷물에 손을 담근 채 피가 실처럼 꼬리를 남기며 흘러가는 모습을, 배가 움직이는 동안 손에 끊임없이 부딪쳐 오는 물살을 지켜보았다.

"저놈도 이제 속도를 꽤 늦췄군." 그가 말했다.

노인은 좀 더 오랫동안 바닷물에 손을 담그고 싶었지만 언제 또 고기가 날뛸지 몰랐으므로 몸을 일으켜 발로 버티면서 해를 향해 손을 들어 보았다. 낚싯줄이 갑자기 풀려 나갈 때 피부가 조금 벗겨졌을 뿐이었다. 그러나 그곳은 손 중에서도 자주 사용하는 부분이었다. 이 일이 끝날 때까지 손이 절실하다는 사실을 잘 알았기 때문에, 작업을 미처 시작하기도 전에 손을 다쳐서는 안 될 일이었다.

"자, 그럼 저 다랑어 새끼를 먹어야겠군. 갈고릿대로 끌어다가 여기서 편안하게 먹어야지." 손이 마르자 그가 말했다.

노인은 무릎을 꿇고 갈고릿대로 고물 쪽에서 다랑어를 찾아낸 다음, 사려 놓은 낚싯줄을 피해 가며 자기 앞으로 끌어당겼다. 줄을 다시 왼쪽 어깨에 고쳐 메고 왼쪽 팔과 손으로 버티며 고리에서 다랑어를 빼낸 뒤 갈고릿대를 제자리에 놓아 두었다. 그는 한쪽 무릎으로 고기를 누르고 검붉은 살을 대가리 뒤쪽에서 꼬리까지 길게 잘라 냈다. 그러자 쐐기 모양으로 몇 토막이 났다. 노인은 그 토막을 등뼈에서 배때기 가장자리까지 죽 잘라 냈다. 여섯 조각으로 자른 뒤 이물 쪽 판자 위에 펼쳐 놓고 칼에 묻은 피를 바지에 닦고서 뼈만 남은 다랑어 사체의 꽁지를 집어 뱃전 너머로 내던졌다.

"한 덩이도 통째로 다 못 먹을 것 같군." 그는 이렇게 말하며 토막 낸 고기 하나를 칼로 잘랐다. 바로 그때 낚싯줄이 지속적으로 세차게 당겨짐을 느낄 수 있었고, 급기야 왼손에 쥐가 났다. 무거운 줄을 꽉 쥔 손이 뻣뻣하게 오그라들자 그는 혐오스러운 듯 그 손을 바라보았다.

"도대체 어떻게 된 놈의 손이람. 쥐가 날 테면 나라지. 매 발톱처럼 어디 오그라들어 봐. 그래 봐야 아무 소용도 없을 테니까." 그가 말했다.

어디, 자, 하고 생각하면서 노인은 어두운 물속으로 비스듬하게 드리워진 낚싯줄을 내려다보았다. 자, 다랑어를 먹어야 손에 힘이 들어갈 거야. 물론 쥐가 난 게 손의 잘못은 아니잖아. 넌 벌써 오랜 시간 저놈과 싸워 왔으니 말이야. 그러나 넌 언제까지고 영원히 저놈과 싸울 수 있어. 자, 지금 다랑어를 먹어 두자.

노인은 살 조각 하나를 집어서 입에 넣고 천천히 씹었다. 맛은 그다지 나쁘지 않았다.

꼭꼭 잘 씹어야지, 하고 그는 생각했다. 그래서 영양분을 모조리 섭취해야지. 라임이나 레몬, 하다못해 소금이랑 함께 먹으면 더 먹을 만할 텐데.

"이 손 친구야, 이제 좀 어떠냐?" 경련이 나서 시체처럼 뻣뻣하게 굳어 버린 손을 향해 그가 물었다. "너를 위해 조금 더 먹어야겠구나."

그는 나머지 조각을 먹었다. 그리고 천천히 씹고 난 뒤 껍질을 뱉어 냈다.

"어디 좀 효험이 있는 것 같으니, 손 친구야? 아니면 아직은 너무 일러서 잘 모르겠니?"

노인은 다른 토막 하나를 통째로 집어서 씹어 먹었다.

다랑어란 힘이 세고 정력적인 고기야, 하고 그는 생각했다. 만새기 대신에 이 고기가 걸린 건 다행이었어. 만새기는 맛이 너무 달거든. 이놈은 전혀 달지 않은 데다 팔팔한 기운이 아직도 넘친단 말이야.

실질적인 것이 아니라면 아무런 의미가 없어, 하고 그는 생각했다. 소금이라도 좀 있으면 좋으련만. 햇볕 때문에 남아 있는 생선이 상하거나 말라 버릴지도 모르겠군. 그러니 배가 고프지 않더라도 남김없이 먹어 두는 편이 좋겠어. 물속의 저놈은 얌전하고 침착하게 버티고 있군. 나도 이걸 마저 먹어 치우고 준비해 둬야지.

"조금만 참아, 이 손 친구야. 너를 위해서 먹는 거니까." 그가 말했다.

물속의 저놈한테도 먹을 것을 좀 줬으면 좋겠는데, 하고 그는 생각했다. 저놈하고 난 형제 사이니까. 하지만 나는 저놈을 꼭 죽여야 하고, 그러기 위해서는 기력을 잃으면 안 돼. 천천히 그리고 열심히 그는 쐐기 모양으로 토막 난 생선 조각을 모두 먹어 치웠다.

다 먹고 나서 노인은 허리를 쭉 펴고 바지에 손을 문질러 닦았다.

"자, 이 손 친구야, 자넨 이제 줄을 놔도 되겠어." 그가 말했다. "자네가 그 바보 같은 짓을 그만둘 때까지 난 오른손만으로도 저놈과 싸울 수 있으니까." 노인은 왼손에 쥐고 있던 무거운 낚싯줄을 왼쪽 발로 밟고서, 등으로 죄어 오는 압력을 몸을 뒤로 젖히며 버텼다.

"하느님, 제발 쥐가 풀리도록 해 주세요. 저놈이 무슨 짓을 할지 도무지 알 수 없으니 말입니다." 그가 말했다.

하지만 저놈은 얌전하게 제 계획에 따라 착착 움직이는 것 같군, 하고 그는 생각했다. 그런데 저놈의 계획이란 도대체 뭘까, 하고 그는 생각했다. 그렇다면 내 계획은 어떻게 짜야 하나? 엄청나게 큰 놈이니까 저놈의 계획에 따라 임기응변으로 대처할 수밖에. 만약 저놈이 물 위로 뛰어오르기만 하면 죽일 수 있을 텐데. 그런데 저놈은 계속 물속에서 잠자코 버티고 있군. 그렇다면 나도 이대로 언제까지나 저놈과 함께 버틸 수밖에 없지.

노인은 쥐가 난 손을 바지에 대고 문지르면서 손가락을 부드럽게 풀어 보고자 애썼다. 그러나 손은 도무지 펴지지가 않았다. 해가 떠오르면 펴지겠지, 하고 그는 생각했다. 아까 날로 먹은 싱싱한 다랑어가 배 속에서 소화되면 아마 손이 펴질 거야. 만약 이 손을 꼭 써야 할 때가 온다면, 무슨 수를 써서라도 펴야지. 그런데 지금 억지로 펼 생각은 없어. 저절로 펴져서 원래 상태로 돌아가도록 내버려 둬야지. 하기야 간밤에 얽힌 밧줄을 매고 풀면서 이 손을 너무 부려 먹었어.

노인은 바다 저편을 바라보며 자신이 얼마나 홀로 고독하게 있는지 새삼스럽게 깨달았다. 그러나 깊고 어두컴컴한 물속에서 빛이 찬란하게 분광했고, 앞쪽으로 곧장 뻗어 나간 낚싯줄이며 잔잔한 바다의 이상야릇한 파동 역시 보였다. 이제 무역풍이 불어오려는 듯 구름이 뭉게뭉게 피어오르기 시작했다. 문득 앞쪽을 바라보니 물오리 떼가 바다 위 하늘에 새겨 넣은 듯 뚜렷이 모습을 드러냈다가 흩어지고 다시 나타나면서 비행하고 있었다. 그래서 그는 어느 누구도 바다에서는 결코 외롭지 않다는 사실을 깨달았다.

노인은 사람들이 조그마한 조각배를 타고 뭍이 보이지 않는 먼 곳까지 나오면 얼마나 무서워할지 생각하면서, 날씨가 변덕스러운 계절이라면 그러는 것도 무리가 아니겠다고 생각했다. 그런데 지금은 허리케인이 불어오는 계절이었다. 허리케인이 몰려오지 않는다면 이때가 일 년 중 고기잡이하기에는 가장 좋은 철인 것이다.

허리케인이 불어오는 시기, 바다에 나가 있노라면 며칠 전부터 그 조짐이 하늘에 나타난다. 뭍에 있는 사람들이 그 전조를 좀처럼 알아차리지 못하는 까닭은 허리케인의 징조를 볼 수 없기 때문이야, 하고 노인은 생각했다. 물론 뭍에서 보더라도 구름의 모양이 평소와 다르기는 하지. 어쨌든 지금은 허리케인이 불어올 징조는 없군.

그가 하늘을 올려다보자 아이스크림 덩어리 같은 하얀 뭉게구름이 보였고, 그보다 더 높은 곳에는 9월의 푸른 하늘을 배경으로 엷은 새털구름이 떠 있었다.

"브리사[28]가 가볍게 불고 있구나. 물고기야, 너보다는 내

28 '미풍'이나 '산들바람'을 뜻하는 스페인어. 무역풍 계절 동안 남아메리카 해안에 부는 북동풍 바람 혹은 푸에르토리코에 부는 동풍을 가리킨다.

게 더 유리한 날씨로구나." 그가 말했다.

왼손은 여전히 말을 듣지 않았지만 그는 천천히 쥐를 풀고 있었다.

쥐가 나는 건 딱 질색이야, 하고 노인은 생각했다. 그건 자신의 몸한테 배신당하는 꼴이거든. 사람들 앞에서 프토마인[29]에 중독돼 설사를 한다든지, 구토를 하는 것도 창피한 일이지. 하지만 쥐가 난다는 건, 특히 혼자 있을 때 그야말로 창피한 노릇이야. 그는 '쥐'라는 말을 '칼람브레'[30]라고 생각했다.

만약 그 애가 곁에 있다면 내 손을 주물러서 팔뚝 아래부터 쥐를 풀어 줬을 텐데, 하고 그는 생각했다. 하지만 곧 풀리겠지.

바로 그때 노인은 오른손에 쥔 줄을 잡아당기는 힘이 달라졌음을 느꼈고, 곧이어 물속으로 뻗은 낚싯줄의 경사가 변하고 있음을 보았다. 노인은 낚싯줄의 힘을 몸으로 버티면서 왼손을 허벅지 위에 세게 내리쳤고, 그러자 줄이 비스듬하게 천천히 수면으로 떠올랐다.

"저놈이 이제 올라오고 있구나. 자, 손 친구야. 자, 제발 어서 정신을 차려." 그가 말했다.

낚싯줄이 서서히 물 위로 올라오자 배 앞쪽 수면이 부풀어 올랐다. 마침내 물고기가 모습을 드러냈다. 물고기는 쉬지 않고 연신 솟구쳐 올랐고, 그 주위로 물이 쏟아져 내렸다. 햇볕을 받은 고기는 번쩍번쩍 빛났고, 짙은 자줏빛의 머리와 등, 옆구리의 연보랏빛 넓은 줄무늬가 햇살에 드러났다. 주둥이

29 시체독(屍體毒). 단백질의 부패로 생기는 유독물.

30 '경련'을 뜻하는 스페인어.

는 야구 방망이만큼 길쭉하고, 결투용 쌍날칼처럼 끝으로 갈수록 뾰족해졌다. 물고기는 다이빙 선수처럼 온몸을 수면 위에 드러냈다가 유연하게 다시 물속으로 가라앉았다. 노인은 커다란 낫처럼 생긴 꼬리가 물속으로 사라지는 모습을 보았고, 낚싯줄이 빠르게 다시 풀려 나가기 시작했다.

"이 배보다 육십 센티미터도 넘게 더 길겠는걸." 노인이 말했다. 낚싯줄이 아주 빠른 속도이기는 하지만 일정하게 풀려 나가는 것으로 봐서 물고기는 조금도 당황하지 않은 듯했다. 노인은 두 손으로 줄이 끊기지 않을 만큼 힘껏 끌어당기려고 애썼다. 만약 이렇게 계속 잡아당기면서 물고기의 속도를 늦추지 못한다면 아마 저놈은 줄을 있는 대로 끌고 가서 결국 끊기게 될지도 몰랐다. 노인은 이 사실을 잘 알고 있었다.

꽤 큰 놈이니 본때를 보여 줘야겠는걸, 하고 노인은 생각했다. 저놈이 자기 힘이 세다는 것도, 저놈이 도망치기만 하면 무슨 짓이든 할 수 있다는 것도 알게 해서는 안 돼. 만일 내가 저놈이라면 있는 힘을 다해서 뭔가 끊길 때까지 계속 내달릴 텐데. 하지만 다행스럽게도 저놈들은 저희들을 잡아 죽이는 우리 인간들보다 똑똑하지 않단 말이야. 비록 저놈들이 우리 인간들보다 더 기품 있고 힘은 세지만.

이제까지 노인은 큰 고기들을 많이 보아 왔다. 450킬로그램이 넘는 큰 고기도 여러 번 보았고, 물론 혼자 잡은 것은 아니었지만 여태까지 그만한 크기의 고기를 잡은 적도 두 번이나 있었다. 그런데 지금은 혼자인 데다 뭍도 보이지 않는 곳에서 지금껏 본 중에 가장 크고, 여태껏 들어 본 중에도 가장 큰 놈과 꼼짝없이 맞붙은 것이었다. 더구나 왼손은 여전히 매 발톱처럼 굳게 오그라든 채였다.

하지만 쥐는 곧 풀릴 테지, 하고 그는 생각했다. 틀림없이 풀려서 오른손을 도와줄 거야. 나와 형제 사이인 게 세 가지 있지. 물고기하고 내 두 손. 그러니 쥐는 꼭 풀릴 거야. 쥐가 나다니, 손으로서 부끄럽기 짝이 없는 일이지. 물고기는 다시 속력을 늦추어 평소의 속도로 나아가고 있었다.

조금 전에 물고기가 왜 뛰어올랐을까, 하고 노인은 생각했다. 마치 자기가 얼마나 큰지 자랑이라도 하려고 솟아오른 것 같아. 어쨌든 그 덕분에 얼마나 큰 놈인지 알게 되었지, 하고 그는 생각했다. 그렇다면 나도 내가 어떤 인간인지를 그놈한테 보여 주고 싶군. 하지만 그러면 저놈은 쥐가 난 내 손까지 보게 되겠지. 녀석으로 하여금 내가 실제보다 힘이 센 인간이라고 생각하게 해야 해. 뭐, 어쨌든 그렇게 될 테니까. 아, 저놈이 되어 보고 싶구나, 하고 그는 생각했다. 오직 내 의지, 내 지혜에 맞서 모든 것을 걸고 싸우는 저놈 말이야.

노인은 뱃전에 몸을 편안히 기댄 채 엄습해 오는 고통을 견뎌 냈다. 물고기는 조금도 흐트러지지 않고 한결같은 모습으로 헤엄쳐 나아갔고, 배는 검은 물살을 헤치며 천천히 움직였다. 동쪽에서 바람이 불어오기 시작하자 파도가 조금 일었고, 노인 왼손의 경련은 정오가 되어서야 비로소 풀렸다.

"이보게, 물고기 양반, 자네에겐 반갑지 않은 소식이네." 그는 이렇게 말하면서 어깨에 두르고 있던 부대 위로 낚싯줄을 옮겼다.

노인의 자세는 편안했지만 고통스러웠다. 다만 그 고통을 인정하려 들지 않을 뿐이었다.

"저에게는 신앙심이 없습니다. 하지만 이 고기를 잡게 해 주신다면 주기도문과 성모송을 열 번씩이라도 외겠습니다.

만약 고기를 잡을 수만 있다면 코브레의 성모 마리아님을 참배[31]하기로 약속드리죠. 정말로 약속합니다." 그가 다시 입을 열었다.

노인은 기계적으로 기도문을 외기 시작했다. 너무 피곤해서 가끔 기도문이 떠오르지 않을 때도 있었다. 그런 순간엔 자동적으로 다음 문구가 튀어나오도록 빨리 읊조렸다. 주기도문보다는 성모송이 외기 쉽구나, 하고 그는 생각했다.

"은총이 가득하신 마리아님, 기뻐하소서! 주님께서 함께 계시니 여인 중에 복되시며 태중의 아들 예수님 또한 복되시나이다. 천주의 성모 마리아님, 이제 저희 죽을 때 저희 죄인을 위하여 빌어 주소서. 아멘." 그러고 나서 그는 이렇게 덧붙였다. "거룩하신 성모 마리아님, 이 물고기의 죽음을 위해서도 기도해 주소서. 참으로 훌륭한 놈이옵니다."

기도를 마치고 나니 훨씬 홀가분해진 듯했지만 고통은 여전했다. 어쩌면 전보다 더 아픈 것 같았다. 그는 이물의 판자에 등을 기댄 채 기계적으로 왼쪽 손가락들을 놀리기 시작했다.

미풍이 부드럽게 일었지만 햇볕은 따가웠다.

"고물 쪽에 드리워 놓은 짧은 낚싯줄에 미끼를 다시 갈아 끼워 두어야겠어." 그가 말했다. "저놈이 하룻밤 더 버티기로 작정한다면 나 역시 다시 배를 채워야 할 테니 말이야. 이젠 식수도 얼마 남지 않았어. 이곳에서는 만새기밖에 잡히지 않을 것 같군. 하지만 만새기라도 아주 싱싱할 때 먹으면 그다지

31 전설에 따르면 1606년에 세 어부가 쿠바 북동쪽 니페만(灣)에서 물 위에 떠 있는 목조 마리아상을 발견해 동(銅) 광산 마을인 엘 코브레로 가져와서 지성소를 지었다고 한다. 현재의 지성소는 1927년에 지은 것이다.

나쁘지 않지. 오늘 밤에는 날치가 배 위로 날아와 주면 좋으련만. 그런데 날치를 끌어 들일 만한 불빛이 없군. 날치라는 놈은 날로 먹으면 맛이 그만인 데다 칼질해서 토막 낼 필요도 없고. 이제부터 내가 가진 힘을 모두 비축해 둬야겠어. 제기랄, 저놈이 저렇게 크리라고는 상상도 못 했는걸."

"하지만 난 저놈을 꼭 죽이고 말 테야. 아무리 크고, 아무리 멋진 놈이라도 말이지." 그가 다시 말했다.

하긴 그러는 건 옳지 않은 일이기는 해, 하고 노인은 생각했다. 난 녀석에게 인간이 어떤 일을 할 수 있는지, 또 얼마나 참고 견뎌 낼 수 있는지 보여 줘야겠어.

"나는 그 아이한테 내가 별난 늙은이라고 말했지. 지금이야말로 그 말을 입증해 보일 때야." 그가 말했다.

지금까지 그는 수천 번이나 입증해 보였지만 결국 아무런 의미도 없었다. 그런데 이제 또다시 그것을 입증해 보이려 하고 있었다. 매 순간이 새로운 순간이었고, 그것을 입증할 때 그는 과거에 대해서는 조금도 생각하지 않았다.

저놈이 푹 곯아떨어진다면 정말 좋으련만, 하고 그는 생각했다. 그래야 나도 잠을 잘 수 있고, 또 사자 꿈도 꿀 수 있을 테니까. 도대체 왜 사자들만이 머릿속에 남아 있는 것일까? 이 늙은이야, 생각일랑 그만하시지, 하고 노인은 스스로를 타일렀다. 뱃전에 편히 기대고 아무 생각도 하지 말게나. 저놈은 지금도 움직이고 있지 않은가. 그러니까 자네도 될 수 있는 대로 움직이지 않는 게 좋아.

벌써 오후로 접어들었고, 배는 여전히 천천히 그리고 조금도 흐트러짐 없이 움직이고 있었다. 그러나 이번엔 동쪽에서 불어온 미풍 탓에 약간의 저항을 느꼈다. 노인은 잔잔한 물결을 헤치며 미끄러지듯 조용히 나아갔다. 등을 가로지른 밧줄이 짓누르던 아픔도 이제 한결 가볍고 부드러워졌다.

오후가 되자 다시 한 번 낚싯줄이 올라오기 시작했다. 그러나 고기는 전보다 조금 더 수면 가까이로 올라왔을 뿐, 계속 물 밑에서 헤엄칠 따름이었다. 햇볕이 노인의 왼팔과 어깨와 등 위로 내리쬐었으므로, 바닷속 저놈이 북동쪽으로 진로를 바꿨음을 알 수 있었다.

노인은 저놈의 모습을 한 번 봤기 때문에 자줏빛 가슴지느러미를 날개처럼 활짝 펴고, 커다랗고 꼿꼿한 꼬리를 곧추세운 채 어두운 물속을 칼로 자르듯 헤엄쳐 나아가는 물고기를 눈앞에 그려 볼 수 있었다. 저렇게 깊은 물속에서도 저놈은 눈이 얼마나 훤할까, 하고 노인은 생각했다. 그러고 보니 물고기의 눈은 무척 크지 않은가. 그보다 눈이 훨씬 작은 말(馬)조차 어두운 곳에서 잘 볼 수 있으니, 저놈은 아무렴! 나도 옛날에는 어둠에 꽤 눈이 밝았지. 물론 아주 캄캄한 곳에서는 볼 수 없었지만. 어쨌든 고양이만큼 눈이 밝았었어.

햇볕이 따뜻한 데다 손가락을 쉬지 않고 움직인 덕에 그의 왼손은 이제 멀쩡해졌다. 그래서 왼손으로 좀 더 힘을 옮겼고, 등의 근육을 움직이면서 낚싯줄에 팬 상처의 고통을 조금이나마 덜어 보려고 애썼다.

"이놈아, 네가 아직도 지치지 않았다면, 넌 틀림없이 별난 놈이로구나." 그가 큰 소리로 말했다.

노인은 이제 지칠 대로 지쳤으며, 곧 밤이 다가오리라는 사실을 잘 알고 있었다. 그래서 굳이 다른 일을 생각해 보려고 했다. 노인은 메이저리그를 떠올렸다. 노인에게는 '그란 리가스'라는 스페인 말이 훨씬 친근하게 느껴졌다. 뉴욕의 양키스 팀이 디트로이트의 타이거스 팀과 시합을 벌이고 있음을 그는 알고 있었다.

'후에고'[32]의 결과를 모르게 된 지도 오늘로 꼭 이틀이 지났구나, 하고 그는 생각했다. 하지만 자신을 가져야 해. 발뒤꿈치에 뼈돌기[33]가 박혀 있으면서도 그것을 참아 내고 최후까지 멋지게 승부를 겨룬, 저 훌륭한 디마지오 못지않은 사람이 되어야지. 뼈돌기란 과연 어떤 것일까, 하고 그는 스스로에게 물어보았다. 스페인 말로는 '운 에스푸엘라 데 후에소'라고 하지. 우리한테는 뼈돌기라는 말이 없어. 그것은 싸움닭의 쇠발톱[34]이 발뒤꿈치에 박혀 있는 것만큼 아플까? 아마 나라면 그걸 견뎌 내지 못할 거야. 싸움닭처럼 한쪽 눈이나, 심지어 양쪽 눈이 다 빠지면서까지 계속 싸우지는 못할 거야. 이런 대단한 새나 짐승과 비교해 보면 인간이란 그리 대단한 게 못돼. 난 차라리 저 캄캄한 바닷속에서 살아가는, 저런 놈이 되고 싶구나.

"상어만 오지 않는다면 말이야! 만약 상어가 나타난다면 저놈이나 나나 가엾은 꼴이 되고 말 거야." 그가 큰 소리로 말했다.

저 위대한 디마지오 선수는 지금의 나만큼, 이토록 오랫동안이나 물고기하고 맞서 버텨 낼 수 있을까, 하고 그는 생각했다. 그 사람은 나보다 젊고 기운이 세니까 틀림없이 그 이상 해낼 수 있을 거야. 그 친구의 아버지도 어부였다지. 하여간

32 '시합'이나 '경기'를 뜻하는 스페인어.

33 발뒤꿈치에 종자골이 자라 나와서 생긴 돌기.

34 투계에서 며느리발톱에 끼우는 쇠붙이.

발뒤꿈치에 뼈돌기가 있으니 그도 몹시 아프겠지?

"내가 알 턱이 있나. 난 발뒤꿈치에 뼈돌기가 있은 적이 없으니까." 그가 큰 소리로 말했다.

해가 떨어질 무렵, 노인은 좀 더 용기를 얻으려고 카사블랑카[35]의 술집에서 시엔푸에고스[36] 출신의 몸집이 큰 흑인과 팔씨름하던 때를 기억해 냈다. 그자는 부두에서 가장 힘이 센 흑인이었다. 테이블에 백묵으로 그어 놓은 선 위에 팔꿈치를 곧게 올린 채 손을 꽉 마주 움켜잡고 하룻낮하고도 하룻밤을 꼬박 지새웠다. 우리는 서로 상대방의 손을 테이블 위에 꺾어 넘어뜨리려고 안간힘을 썼다. 사람들은 제법 많은 돈을 걸었고, 등유 램프의 불빛 아래로 구경꾼들이 들락날락했다. 그는 흑인의 팔과 손 그리고 얼굴에서 눈을 떼지 않았다. 처음 여덟 시간이 지나자 심판은 잠을 자기 위해 네 시간마다 교대를 했다. 그의 손에서도, 흑인의 손톱 밑에서도 피가 배어 나왔고, 두 사람은 상대방의 눈빛을 살피면서 손과 팔뚝에서 눈을 떼지 않았다. 돈을 건 사람들은 방 안을 오가기도 하고, 벽 옆의 높다란 의자에 걸터앉아서 승부를 지켜보기도 했다. 판자로 된 벽은 밝은 파란색으로 페인트칠되어 있었고, 램프 불빛이 그들의 그림자를 벽에 비추었다. 흑인의 그림자는 큼직했고, 미풍에 램프 불꽃이 흔들거릴 때마다 벽 위에서 춤을 추었다.

하룻밤이 지났는데도 엎치락뒤치락하며 승부가 나지 않자 사람들은 흑인에게 럼주를 가져다주고 담뱃불도 붙여 주었다. 흑인은 럼주를 한 잔 들이켠 뒤 맹렬히 덤벼들었고 한

35 쿠바의 아바나 동쪽에 있는 도시. 아바나만 근처에 위치해 있다.

36 쿠바섬 남쪽에 있는 도시로, 카리브해에 인접해 있다.

번은 노인의 팔을, 아니, 그때는 노인이 아니었으니 '엘 캄페온'[37]이던 산티아고의 팔을 팔 센티미터 가까이 기울어지게 했다. 그러나 노인은 또다시 손을 원래 위치로 딱 돌려놓았다. 그때 그는 훌륭한 친구인 데다 크고 대단한 운동선수인 흑인을 이겨 낼 수 있으리라고 확신했다. 새벽녘이 되어 돈을 건 사람들이 이제 무승부로 치면 어떻겠느냐고 제안했다. 하지만 심판이 고개를 가로젓는 그 순간, 마침내 그는 있는 힘을 다해 흑인의 손을 테이블 위에 밀어 눕히고 말았다. 일요일 아침에 시작된 시합은 월요일 아침에야 끝장났다. 돈을 건 사람들이 무승부를 제안했던 까닭은 대부분 선창에 나가서 설탕 부대를 하역하거나 아바나 석탄 회사로 일하러 나가야 했기 때문이다. 그렇지 않았다면 누구나 시합이 제대로 끝나기를 원했을 터다. 어쨌든 그는 모든 사람이 출근하기 전에 승부를 냈던 것이다.

그 뒤로 오랫동안 모든 사람이 그를 '챔피언'이라 불렀고, 봄에는 복수전이 마련되었다. 그러나 이번에는 큰돈을 거는 사람이 없었고, 첫 번째 시합에서 이미 시엔푸에고스 출신 흑인의 기를 꺾어 버렸으므로 이번에는 아주 쉽게 이길 수 있었다. 그러고도 두세 번 더 승부를 겨루었지만 그 이상은 없었다. 그는 마음만 먹으면 어떤 사람이라도 이길 수 있노라고 생각했다. 또한 팔씨름이 고기잡이를 해야 하는 오른손에 해롭다고 판단했다. 그래서 왼손으로 시험 삼아 두세 번 승부를 겨루어 보았다. 그러나 왼손은 언제나 그를 배반했고, 뜻대로 잘 들어주지 않았다. 그때부터 그는 왼손을 믿지 않았다.

37 '선수권자' 또는 '챔피언'을 뜻하는 스페인어.

해가 손을 따뜻하게 녹여 주겠지, 하고 노인은 생각했다. 밤이 되어 날씨가 너무 추워지지만 않는다면 또다시 쥐가 나지는 않을 거야. 한데 오늘 밤에는 도대체 무슨 일이 일어날까.

마이애미행 비행기 한 대가 그의 머리 위로 지나갔고, 그는 비행기 그림자에 놀란 날치 떼가 수면으로 뛰어오르는 광경을 지켜보았다.

"저렇게 날치 떼가 많은 걸 보니 만새기도 있겠는걸." 그는 이렇게 말하고서 물고기가 물고 있는 낚싯줄을 잡아당길 수 있는지 확인해 보고자 등에 걸친 줄을 붙들고 버텨 보았다. 그러나 줄은 배 위로 올라오기는커녕 오히려 금방이라도 끊길 듯 팽팽해지며 물방울을 튀길 뿐이었다. 배는 천천히 앞으로 나아가고 있었다. 그는 비행기가 더 이상 보이지 않을 때까지 눈으로 그 뒤를 좇았다.

비행기에 타고 있으면 기분이 참 이상야릇할 거야, 하고 그는 생각했다. 저렇게 높은 곳에서 내려다보면 바다가 어떻게 보일까? 너무 높이 날지만 않는다면 고기가 잘 보일지도 몰라. 한 200패덤쯤 되는 높이에서 아주 천천히 날아가며 물고기를 내려다보고 싶구나. 언젠가 바다거북잡이 배를 탔을 때 돛대 꼭대기의 가름대에 올라가 본 적이 있었다. 그 정도의 높이에서도 많은 것이 보였다. 그곳에서 내려다보니 만새기는 더욱 짙은 초록색이었고, 줄무늬와 자줏빛 반점까지 보였으며, 그것들이 떼를 지어 헤엄쳐 가는 모습도 보였다. 그런데 어두운 해류에서 재빠르게 돌아다니는 물고기들은 왜 하나같이 등이 자줏빛인 데다, 또 자줏빛 줄무늬나 반점을 가지고 있을까? 물론 만새기는 실제로 황금빛이기 때문에 초록빛으로 보이는 걸 거야. 하지만 정말 허기져서 먹이를 쫓을 때는 청새치처럼 양쪽 옆구리에 자줏빛 줄무늬가 나타나지. 그런 무늬가 생기는 이유는 화가 났기 때문일까, 아니면 너무 빨리 헤엄치기 때문일까?

날이 저물기 직전에 배는 커다란 섬처럼 떠 있는 모자반류 해초 옆을 지나가고 있었다. 해초가 잔잔한 파도에 너울거리며 흔들거리는 모습은, 마치 바다가 누런 담요 아래에서 누군가와 사랑을 나누고 있는 것 같았다. 바로 그때 만새기 한 마리가 짧은 낚싯줄을 물었다. 갑자기 공중으로 뛰어올라 석양빛에 진짜 황금색을 드러내며 몸을 구부리고 뒤틀고 사납게 마구 날뛸 때 그는 비로소 그것의 참모습을 처음 보았다. 만새기는 놀라서 연신 몇 번이고 곡예를 부리며 뛰어올랐다. 노인은 고물 쪽으로 돌아가 웅크리고 앉아서 큰 낚싯줄을 오른손과 팔로 잡은 다음, 왼손으로 만새기가 걸린 다른 쪽 줄을 잡아당기며 그것을 맨발로 눌러 밟았다. 만새기가 필사적으로 이리저리 뒤척이면서 고물 가까이 다가왔을 때, 노인은 고물 너머로 몸을 내밀었고 자줏빛 반점에 황금빛으로 번쩍거리는 물고기를 배 안으로 끌어 들였다. 만새기는 이빨로 낚시를 끊으려는 듯이 주둥이를 빠르게, 발작적으로 움직였다. 그것은 길쭉하고 납작한 몸뚱이와 대가리와 꼬리로 배 바닥을 마구 두들겨 댔고, 노인이 몽둥이로 황금빛으로 빛나는 대가리를 여러 차례 내리치자 비로소 바르르 몸을 떨더니 잠잠해졌다.

노인은 고기 주둥이에서 낚시를 빼고 또 다른 정어리를 다시 미끼로 매단 뒤 바닷물 속으로 던졌다. 그러고는 천천히 이물 쪽으로 돌아갔다. 왼손을 물에 씻고 바지에 닦았다. 이번에는 오른손의 큰 낚싯줄을 왼손으로 옮겨 쥐고, 오른손을 바닷물에 씻으면서 해가 바닷속으로 가라앉는 광경과 큰 낚싯줄이 비스듬히 경사진 모습을 지켜보았다.

"저놈은 조금도 달라지지 않았군." 그가 말했다. 그러나 손에 닿는 물살을 살펴보니 고기의 속도가 눈에 띌 정도로 더 뎌졌음을 알 수 있었다.

"고물에 노를 두 개 다 매달아 둬야겠는걸. 그러면 밤사이에 저놈의 속력이 느려질 거야." 그가 말했다. "저놈은 오늘 밤에도 끄떡없을 테고, 그건 나 역시 마찬가지지."

만새기의 살 속에 피를 간직하려면 조금 뒤에 배를 갈라서 내장을 빼내는 게 좋을 거야, 하고 그는 생각했다. 조금 있다가 그 일을 하고, 동시에 노를 비끄러매서 방해물을 만들어 놓자. 이제 해 질 무렵이니 저놈은 조용히 내버려 둔 채 건드리지 않는 편이 좋겠어. 물고기라는 놈은 하나같이 해 질 무렵일수록 다루기 힘들어지는 법이거든.

노인은 바람에 손을 말리고 나서 낚싯줄을 잡은 뒤 되도록 편안한 자세로 뱃전에 몸을 기댄 채 물고기가 이끄는 대로 전부 내맡겼다. 그러면 그가 힘쓰는 것만큼, 아니, 그 이상으로 배가 떠맡아 주리라.

이제 조금씩 요령이 생기기 시작하는군, 하고 노인은 생각했다. 어쨌든 이 부분에서는 말이야, 게다가 저놈은 미끼를 문 뒤로 아직 아무것도 먹지 않았단 말이지. 덩치가 커서 여간 많이 먹어 대지 않을 텐데. 나는 다랑어 한 마리를 통째로 먹어 치우지 않았던가. 내일은 만새기를 먹을 거고 말이야. 그는 그것을 '도라도'[38]라고 불렀다. 어쩌면 이놈의 내장을 뺄 때 조금 먹어 둬야겠어. 다랑어보다는 먹기가 거북할 테지. 그렇

38 '금색의', '황금색의'라는 뜻의 스페인어로 '만새기'를 가리킨다.

게 따지면 이 세상에 쉬운 일이 어디 있을까.

"여보게, 물고기 양반, 그래 지금 기분이 어떠신가?" 그는 큰 소리로 물었다. "나는 기분이 좋다네. 왼손도 많이 좋아졌어. 오늘 밤과 내일 낮 동안에 먹을 식량도 가지고 있지. 자, 친구, 어디 배나 끌어 보시지."

실제로 노인은 좀처럼 유쾌한 상태가 아니었다. 낚싯줄을 멘 등이 통증을 넘어 거의 무감각해지지 않았나, 의구심이 들 정도였기 때문이다. 하지만 나는 이보다 더 심한 일도 겪었는걸, 하고 그는 생각했다. 내 오른손은 조금 긁힌 정도에 지나지 않고, 이제 왼손의 쥐도 풀렸어. 두 다리 역시 끄떡없고. 더구나 허기를 달래는 데 있어선 내가 저놈보다 훨씬 유리한 입장이고 말이야.

9월이면 늘 그렇듯이 해가 떨어지자마자 바다는 금세 어두컴컴해졌다. 노인은 이물의 낡은 판자에 몸을 기댄 채 가능한 한 실컷 휴식을 취했다. 첫 별들이 나타났다. 그는 '리겔'[39]이라는 이름은 몰랐지만 그 별을 보고 곧 뭇별들이 떠오르리라는 사실을 알았다. 그러면 먼 곳의 친구들을 모두 만나게 되리라.

"하기야 저 물고기도 내 친구이긴 하지." 그가 큰 소리로 말했다. "저런 물고기는 여태껏 본 적도, 들은 적도 없어. 하지만 나는 저놈을 죽여야만 해. 별들은 죽이지 않아도 되니 다행이지 뭐야."

날마다 사람이 달을 죽여야 한다고 상상해 봐, 하고 노인은 생각했다. 아마 달은 달아나 버리고 말 거야. 그런데 인간

39 오리온자리에서 두 번째로 밝은 별. '리겔'은 '발'을 뜻하는 아랍어로, 오리온자리의 왼쪽 발 위치에 있기 때문에 그렇게 부른다.

이 날마다 해를 죽여야 했다면? 우리는 운 좋게 태어난 거야, 그는 생각했다.

그렇게 생각하니 노인은 아무것도 먹지 못한 큰 물고기가 왠지 불쌍하게 여겨졌다. 비록 연민의 정을 느낄지라도 물고기를 죽이겠다는 결심은 전혀 줄어들지 않았다. 저놈을 잡으면 얼마나 많은 사람들의 배를 채울 수 있겠는가, 하고 그는 생각했다. 그러나 그들에게 저 물고기를 먹을 만한 자격이 있을까? 아냐, 그럴 자격이 없지. 저토록 당당한 거동, 위엄을 보면 저놈을 먹을 자격이 있는 인간이란 단 한 사람도 없어.

난 이런 일들에 대해선 잘 몰라, 하고 노인은 생각했다. 그럼에도 해나 달이나 별을 죽일 필요가 없다는 건 정말 다행스러운 일이야. 바닷가에 살면서 우리의 진정한 형제들을 죽이는 것만으로도 충분해.

자, 이제는 항력(抗力)에 대해 생각해야 해, 하고 그는 생각했다. 물론 거기엔 위험이 따르지만 좋은 점도 있지. 만약 저놈이 안간힘을 쓰고, 노를 묶어 만들어 낸 항력으로 배가 가벼움을 잃는다면, 나로서는 줄을 너무 풀어 줘야 할 테니 저놈을 놓치게 될지도 몰라. 또 배가 가벼워지면 저놈이나 나나 고통을 연장하는 꼴에 지나지 않겠지. 그런데 저놈이 전에 없이 굉장한 속력을 낸다면, 나는 오히려 안전한 셈이야. 어떤 일이 생기든 만새기가 상하지 않도록 내장을 빼내고 조금이라도 먹어서 기운을 돋워야겠는걸.

한 시간쯤 더 휴식을 취하고, 그때까지도 저놈이 지치지 않는다면 고물 쪽으로 돌아가서 그 일을 준비하며 결심하도록 하자. 그러는 동안 저놈이 어떻게 나올지, 어떻게 변할지 알아낼 수 있을 게야. 노를 배에다 잡아매어 둔 것은 좋은 계략이었어. 하지만 이제는 무엇보다 안전을 먼저 생각해야 할 때야. 어쨌든 저놈은 여전히 팔팔한 데다, 주둥이 한쪽 구석에 낚싯바늘이 꽂혀 있는데도 입을 꽉 다물고 있는 걸 내 눈으로 봤으니까. 낚싯바늘에 걸리는 건 고통치고는 아무것도 아니지. 중요한 건 배가 고프다는 점, 또 저놈이 자신도 알 수 없는 그 무엇과 싸우고 있다는 사실이지. 여보게, 늙은이, 지금은 좀 푹 쉬어 두게나. 그리고 다음 일거리가 생길 때까지는 저놈을 그냥 내버려 두게나.

노인은 족히 두 시간 정도 휴식을 취했다. 늦도록 달이 떠오르지 않아서 시간을 알아낼 방법이 없었다. 단지 다른 때와 비교해서 푹 쉬었다는 뜻이지 완전히 휴식을 취한 것도 아니었다. 노인은 물고기가 끌고 나아가는 힘을 여전히 어깨로 지탱하고 있었지만 왼손으로 이물의 뱃전을 잡고 차차 물고기의 무게를 조금씩 배 자체에 맡기려고 애썼다.

만약 낚싯줄을 고정할 수만 있다면 참으로 간단한 일일 텐데, 하고 그는 생각했다. 하지만 그랬다간 저놈이 돌연 조금이라도 몸부림을 치면 줄이 끊길 수도 있지. 줄을 잡아당기는 힘을 내 몸으로 지탱하면서 언제든 두 손으로 줄을 풀 수 있도록 준비하고 있어야 해.

"그런데 이 늙은이야, 자네는 아직껏 한숨도 눈을 붙이지 않았잖은가." 그가 큰 소리로 말했다. "반나절과 하룻밤, 또 하루가 지났는데도 잠 한숨 못 잤잖아. 저놈이 얌전하게 있는 동안 어떻게 해서든 잠깐이라도 눈을 붙일 궁리를 해야겠는걸. 잠을 자지 않으면 머리가 흐리멍덩해질지도 몰라."[40]

40 이 장면에서 작가는 '잠'이나 '잠을 자다'라는 말을 의도적으로 되풀이해 사용

머릿속은 충분히 맑아, 하고 노인은 생각했다. 너무나 맑아서 탈이지. 나와 형제 사이인 별처럼 맑아. 그러나 잠은 역시 자야 해. 별도 잠을 자고, 달과 해도 잠을 자지 않는가. 심지어 해류가 없는 아주 조용한 날이면 드넓은 바다도 가끔 잠들 때가 있지.

그러니까 잠을 자는 걸 잊어선 안 돼, 하고 그는 생각했다. 억지로라도 잠을 자고, 낚싯줄에 대해서는 단순하고도 확실한 방법을 강구해 두자. 자, 이제 고물 쪽으로 돌아가서 만새기나 처리해야지. 만약 잠을 자더라도 노를 고물에다 붙들어 매고 장애물로 사용하기는 너무 위험한 짓이야.

난 잠을 자지 않고서도 견딜 수 있어, 하고 그는 혼잣말을 했다. 하지만 그건 너무 위험천만한 짓이야.

노인은 물고기에게 갑작스러운 충격을 주지 않으려고 손과 무릎으로 조심스럽게 살금살금 기어서 고물 쪽으로 되돌아갔다. 어쩌면 저놈도 선잠을 자는지도 모르지, 하고 그는 생각했다. 그러나 저놈이 잠을 자게 해서는 안 돼. 죽을 때까지 배를 끌게 해야 해.

고물 쪽으로 되돌아간 노인은 몸을 돌려 왼손으로 어깨를 옥죄는 낚싯줄을 잡은 뒤 오른손으로 칼집에서 칼을 뽑았다. 벌써 하늘에는 별이 총총 떠서 만새기가 똑똑히 보였다. 그는 만새기의 대가리에 칼을 찔러 고물 밑에서 끌어냈다. 한쪽 발로 물고기를 누르고, 항문에서 아래턱 끄트머리까지 단칼에 죽 갈랐다. 그러고 나서 칼을 내려놓고 오른손으로 내장을 뽑

하고 있다. 헤밍웨이는 특수한 효과를 자아내기 위해 동일한 어휘나 어구를 반복하는 것에 대해 거트루드 스타인과 이야기를 나누곤 했다.

아낸 뒤 속을 깨끗이 긁어내고 아가미까지 떼어 냈다. 그놈의 밥통을 손에 드니 묵직하고 미끈거렸다. 배를 갈라 보니 날치 두 마리가 들어 있었다. 아직 싱싱하고 살이 단단한 날치를 옆에 나란히 치워 놓고 만새기의 내장과 아가미를 고물 너머로 던져 버렸다. 그것들은 길게 꼬리를 늘어뜨린 듯 인광을 발하면서 바닷물 깊숙이 가라앉았다. 이제 차가워진 만새기는 별빛 아래서 나환자처럼 희끄무레하게 보였다. 노인은 오른발로 물고기의 대가리를 누르고 한쪽 옆구리의 껍질을 벗겼다. 그러고는 그것을 뒤집어 반대쪽 껍질을 벗긴 다음, 대가리에서 꽁지까지 칼로 내리 갈랐다.

노인은 만새기의 잔해를 뱃전 너머로 슬쩍 미끄러뜨리고는 물속에서 소용돌이가 일어나는지 지켜보았다. 그러나 빛을 발하며 천천히 가라앉을 뿐이었다. 그는 몸을 돌려 두 쪽의 고기 조각 사이에 날치 두 마리를 끼워 두고, 칼집에 칼을 집어넣은 뒤 천천히 뱃머리 쪽으로 되돌아갔다. 어깨를 가로지른 낚싯줄의 무게 때문에 그의 등은 구부정히 굽어 있었고, 오른손에는 물고기가 들려 있었다.

이물로 돌아온 노인은 만새기의 고기 조각 두 개를 나무판자 위에 가지런히 두고 그 옆에 날치를 놓았다. 그러고는 어깨에 멘 낚싯줄의 위치를 바꾸고, 뱃전에 얹어 놓았던 왼손으로 그 줄을 다시 꽉 움켜잡았다. 그런 뒤 그는 뱃전 너머로 몸을 기울이고 날치를 씻으면서 손에 감기는 물의 속도를 주의 깊게 헤아려 보았다. 만새기의 껍질을 벗긴 손은 인광을 내뿜었고, 그는 손에 와 닿는 물의 흐름을 지켜보았다. 물살은 아까보다 약해졌고, 뱃전 바깥으로 손의 옆면을 문지르자 인광이 떨어져 나가며 고물 쪽으로 천천히 흘러갔다.

"저놈도 아마 지쳤거나, 아니면 쉬고 있을 거야. 자, 그럼 나도 이 만새기나 먹고 좀 쉬며 잠이나 한숨 청해 볼까." 노인이 혼자 중얼거렸다.

별이 총총한 하늘 아래서 점점 추워지는 밤의 냉기를 느끼며 그는 만새기의 고깃점을 절반 정도 먹고, 내장을 빼낸 뒤 대가리를 잘라 낸 날치 한 마리를 먹었다.

"만새기는 제대로 요리해서 먹으면 정말 맛있는 생선이지. 하지만 날로 먹으니 정말 맛대가리가 없군. 이다음에 배를 탈 때는 꼭 소금이나 라임을 챙겨야겠는걸." 그가 말했다.

조금만 머리를 써서 이물 쪽 널빤지에 바닷물을 뿌려 두었더라면 그것이 말라붙으며 소금이 되었을 텐데, 하고 노인은 생각했다. 하지만 만새기를 낚아 올린 때는 거의 해가 기울 무렵이었지. 뭐, 그렇기는 해도 역시 준비가 부족했다고 할 수밖에 없어. 어쨌든 고기를 꼭꼭 잘 씹어 먹었더니 구역질이 나지 않는군.

동쪽 하늘로 점점 구름이 몰려오면서 그가 아는 별이 하나둘 사라져 버렸다. 그는 마치 거대한 구름의 골짜기 속으로 들어가는 것 같았고, 바람은 이제 완전히 멎어 있었다.

"사나흘 지나면 날씨가 나빠지겠는걸. 하지만 오늘 밤과 내일은 괜찮을 거야. 자, 늙은이, 물고기가 조용하고 얌전히 있는 동안 잠잘 준비나 하시지." 그가 말했다.

노인은 오른손으로 낚싯줄을 꽉 잡고 그것을 허벅다리로 힘껏 누르면서 온몸의 무게를 이물의 널빤지에다 맡겼다. 그러고는 어깨 위의 줄을 조금 아래쪽으로 낮추고, 왼손으로 그것을 버팀대처럼 떠받쳤다.

낚싯줄이 팽팽하게 죄여 있는 동안엔 오른손으로 줄을 잡을 수 있겠지, 하고 그는 생각했다. 만약 잠을 자는 동안 낚싯줄이 느슨해지면 그것이 풀려 나가면서 왼손이 나를 깨워 줄 거야. 오른손으로서는 힘든 일이겠지만. 그래, 오른손은 워낙 힘든 일에 익숙하잖아. 이삼십 분만 눈을 붙여도 좋을 텐데. 그는 몸 전체를 낚싯줄에 기대고 앞으로 웅크린 다음, 오른손에 온몸의 무게를 맡긴 채 잠이 들었다.

노인은 사자 꿈을 꾸진 않았으나 그 대신 13킬로미터에서 16킬로미터가량의 거대한 무리를 이룬 돌고래 꿈을 꾸었다. 마침 교미하는 시기라 돌고래들은 공중으로 높이 뛰어올랐다가 수면 위에 자신이 만들어 놓은 구멍 속으로 다시 떨어지곤 했다.

그러고 나서 노인은 마을의 자기 침대에 누워 있는 꿈을 꾸었다. 북풍이 불어닥쳐서 몹시 추웠고, 꿈속에서 베개 대신 오른팔을 베고 있었으므로 오른팔이 저렸다.

그런 다음 노인은 길게 뻗은 노란색 해변이 나오는 꿈을 꾸었는데 처음에 사자 한 마리가 이른 새벽 어두컴컴한 바닷가로 내려오더니, 이어 다른 사자들도 뒤따라서 나타나기 시작했다. 그가 탄 배는 닻을 내린 채 뭍에서 불어오는 저녁 미풍을 받았고, 그는 이물의 널빤지에 턱을 괴고 있었다. 더 많은 사자가 나타나는지 살피려고 기다리는 동안 그는 자못 흐뭇했다.

달이 뜬 지 이미 오래되었는데도 노인은 여전히 잠을 자고 있었다. 고기는 계속 낚싯줄을 끌고 유유히 헤엄치고 있었다. 배는 구름의 터널 속으로 미끄러져 들어갔다.

노인은 오른손 주먹이 홱 얼굴을 치고 오른쪽 손바닥이 화끈할 정도로 줄이 풀려 나가는 바람에 갑자기 잠에서 깨었다. 왼손에는 아무런 감각이 없었다. 그는 오른손에 온 힘을 집중해서 줄을 붙들려고 했다. 그러나 줄은 무서운 속도로 풀려 나갔다. 마침내 왼손도 줄을 찾아서 잡았고, 그는 몸을 뒤로 젖히며 등의 힘으로 줄을 멈추려고 했다. 하지만 등과 왼손이 불처럼 화끈 달아올랐고, 그럼에도 온 힘을 다해 줄을 잡는 바람에 왼손에 심각한 상처가 났다. 그는 몸을 돌려 미리 감아 놓은 예비 낚싯줄을 보았는데, 그 줄 역시 술술 풀려 나가고 있었다. 바로 그때 물고기가 요란한 소리를 내며 물 위로 뛰어올랐다가 첨벙 소리를 내며 다시 물속으로 떨어졌다. 그 뒤로 물고기는 몇 번이나 뛰어올랐고, 줄이 계속 풀려 나가는 와중에도 배는 여전히 무섭게 내달리고 있었다. 노인은 줄이 끊기려는 순간까지 몇 번이나 연거푸 줄을 팽팽하게 잡아당겼다. 그는 뱃머리 쪽으로 바싹 끌려가다가 만새기의 고깃점 위로 넘어졌고 물고기에 얼굴이 파묻힌 채 꼼짝달싹할 수 없었다.

이렇게 되기를 기다렸던 거야, 하고 노인은 생각했다. 그러니 이제 당당하게 사태를 받아들여야지.

저놈에게 낚싯줄 값을 치르게 해야겠구나, 하고 그는 생각했다. 꼭 그 값을 치르게 해야 하고말고.

노인한테 물고기가 뛰어오르는 모습은 보이지 않았다. 다만 바다가 갈라지는 소리와 물고기가 물속으로 떨어지며 첨벙하는 소리만이 들릴 뿐이었다. 낚싯줄이 풀려 나가는 속도 때문에 손에 큰 상처가 났지만 분명 이런 일이 일어나리라고 진작부터 각오하고 있었다. 그는 손의 굳은살에만 줄이 닿도록 조정하면서, 더 이상 줄이 손바닥을 파고들거나 손가락을 베지 않도록 했다.

만약 그 애가 옆에 있었더라면 감아 둔 낚싯줄에 물을 축여 줄 텐데, 하고 그는 생각했다. 암, 그렇고말고. 그 애가 옆에 있어 주었더라면. 만약 그 애가 내 옆에 있었더라면 말이야.

줄이 잇따라 풀려 나갔지만 속도는 점점 떨어지고 있었다. 노인은 물고기가 한 치라도 더 줄을 끌고 나갈수록 지치게끔 매달렸다. 이제 그는 판자에서, 뺨 밑에 눌린 만새기 고깃점으로부터 머리를 쳐들었다. 그러고는 무릎을 꿇고 천천히 일어섰다. 여전히 줄을 풀어 주면서도 속도는 조금씩 늦추고 있었다. 그는 눈에 보이지 않는 낚싯줄을 발로 더듬을 수 있는 곳으로 되돌아갔다. 아직도 줄은 넉넉했으므로, 이제 저놈은 물속으로 새로 풀려 나간 낚싯줄의 무게까지 감당하며 배를 끌어야만 했다.

그렇지, 하고 노인은 생각했다. 저놈은 열두세 번이나 넘게 물 위로 뛰어오르면서 등줄기에 늘어선 부레 속에 공기를 가득 채웠단 말이야. 그러니 이제 저놈은 죽더라도 내가 끌어올릴 수 없을 만큼 깊은 바닷속으로 가라앉으며 죽지는 않을 거야. 저놈은 곧 빙글빙글 원을 그리며 돌기 시작할 테지, 그때 내가 손을 써야 해. 그런데 뭣 때문에 저놈이 그렇게 날뛰었을까? 배가 고파서 발작한 것일까, 아니면 어둠 속에서 뭔가를 보고 겁을 집어먹은 것일까? 어쩌면 갑자기 두려움을 느꼈는지도 몰라. 하지만 그토록 침착하고 힘센 녀석이? 공포 따위 느낄 리 없고, 꽤나 자신만만한 놈 같았는데 말이야. 참으로 이상한 일이로군.

"이보게, 늙은이, 자네나 두려워하지 말고 자신감을 갖도록 하시지. 자네가 아무리 저놈을 또다시 장악했더라도 여태 줄을 잡아당기지 못하고 있잖아. 이제 녀석은 곧 빙글빙글 원을 그리며 돌기 시작할 거야." 그가 말했다.

노인은 왼손과 어깨로 물고기를 제어하면서, 몸을 엎드리고 오른손으로 물을 떠다가 얼굴에 달라붙은 만새기의 고깃점을 씻어 냈다. 그대로 놔두었다가는 구역질이 나서 기력을 잃을지도 모를 일이었다. 얼굴을 씻고 난 뒤에는 뱃전 너머로 오른손을 늘어뜨리고 헹구었다. 짜디짠 바닷물 속에 손을 그대로 담근 채, 해가 뜨기 전에 희뿌옇게 동이 터 오는 동쪽 하늘을 지켜보았다. 저놈은 이제 거의 동쪽으로 향하고 있군, 하고 그는 생각했다. 그건 놈이 지쳐서 해류를 타고 떠내려가고 있다는 증거야. 이제 저놈이 곧 빙글빙글 돌기 시작할 테지. 바로 그제야 비로소 우리의 진짜 싸움이 시작되는 거야.

오른손을 충분히 오랫동안 물속에 담가 두었다고 판단한 그는 손을 꺼내서 살펴보았다.

"별것 아니군. 사나이에게 이깟 고통이 무슨 대수라는 말인가." 그가 말했다.

노인은 새로 생긴 상처에 낚싯줄이 닿지 않도록 조심하면서 줄을 쥐었다. 그러고는 몸의 중심을 옮긴 다음, 이번에는 반대쪽 뱃전 너머로 왼손을 바닷물 속에 담갔다.

"쓸모없는 짓이나 하려고 그렇게 형편없이 행동한 건 아니었군. 하지만 너를 불러낼 수 없었던 순간도 있었다고." 그가 왼손에게 말했다.

왜 나는 두 손을 다 잘 쓰는 양손잡이로 태어나지 못했을까, 하고 노인은 생각했다. 한 손을 제대로 훈련시키지 못한 건 내 잘못일지도 몰라. 그 방법을 배울 기회가 얼마든지 있었다는 건 하느님도 아시지. 하지만 간밤에는 그리 서투르지도 않았고, 쥐도 한 번밖에 나지 않았어. 만약 또 쥐가 난다면 낚싯줄에 손이 잘려 나가도록 그냥 내버려 둘 테야.

그런 생각을 하면서도 노인은 자신의 머릿속이 그다지 맑지 않음을 깨닫고 만새기를 좀 더 씹어 먹어야겠다고 판단했다. 그래도 저건 못 먹겠군, 하고 그는 혼잣말을 했다. 구역질을 하다가 기운을 잃는 것보다 차라리 머릿속이 흐리멍덩해지는 편이 낫겠어. 또 저 고깃점에다 얼굴을 처박고 있었으니 먹어 봤자 토해 낼 게 뻔해. 상하기 전까지 비상용으로 간직해 두기로 하자. 어쨌든 영양분을 섭취해서 기운을 돋우기에는 너무 늦었어. 넌 좀 멍청해, 하고 그는 혼잣말로 지껄였다. 한 마리 남은 날치라도 먹으면 될 게 아냐.

날치는 언제라도 먹을 수 있도록 깨끗하게 준비되어 있었다. 그는 왼손으로 날치를 집어서 입에 넣은 뒤 조심스럽게 뼈를 꼭꼭 씹어 가며 꼬리 있는 데까지 모조리 먹어 치웠다.

날치라는 놈은 어떤 물고기보다도 영양분이 많지, 하고 노인은 생각했다. 적어도 내게 필요한 자양분 정도는 주거든. 이제 내가 할 수 있는 일은 다 한 셈이군, 하고 그는 또 생각했다. 그럼 이제 저놈이 빙글빙글 돌도록 해서 본격적으로 싸움을 시작해야겠군.

노인이 바다에 나온 이후로 벌써 세 번째 태양이 솟아오르고 있었다. 그때 고기가 빙글빙글 돌기 시작했다.

노인은 낚싯줄의 경사도만을 봐서는 고기가 빙글빙글 도는지 아닌지 알 수 없었다. 그러기에는 너무 일렀다. 그러나 그는 어렴풋이 줄의 힘이 느슨해졌음을 느끼고 오른손으로 천천히 잡아당겼다. 줄은 여전히 팽팽했지만 금방이라도 끊길 것 같은 지점에 이르자 돌연 거꾸로 당겨 대기 시작했다. 그는 어깨와 머리 너머로 줄을 빼낸 다음 꾸준하게 그리고 가만가만 잡아당겼다. 두 손을 스윙하며 가능한 한 몸과 다리로 줄을 끌어당기려고 했다. 늙어서 힘이 빠진 두 다리와 어깨가 그렇게 잡아당기는 동작의 회전축 구실을 했다.

"엄청나게 큰 원이로구나. 저놈이 지금 회전하고 있는 거야." 그가 말했다.

마침내 낚싯줄은 더 이상 당겨지지 않았고, 노인은 꽉 움켜잡은 줄에서 물방울이 튕기며 아침 햇살 속에서 반짝이는 광경을 보았다. 바로 그 순간 갑자기 다시 줄이 풀려 나가기 시작했고, 노인은 무릎을 꿇은 채 아쉬운 듯 바라보면서 어두운 물속으로 줄이 끌려가도록 그냥 내버려 두었다.

"놈은 지금 원의 가장 먼 바깥쪽을 회전하고 있는 거야." 노인이 말했다. 그러니 힘이 닿는 데까지 줄을 꽉 잡아당기고 있어야 해, 하고 그는 생각했다. 내가 세게 잡아당길수록 저놈이 도는 원의 크기는 작아지겠지. 어쩌면 한 시간 안에 저놈의 모습을 볼 수 있을지도 몰라. 이젠 본때를 보여 주고 숨통을 끊어 버려야 해.

그러나 물고기는 연신 천천히 선회할 뿐이었다. 두 시간 뒤 노인의 몸은 땀에 흠뻑 젖었고, 피로가 뼛속까지 스며들었다. 하지만 물고기가 그리는 원은 훨씬 작아졌고, 낚싯줄의 경사로 보건대 저놈이 헤엄치면서 꾸준히 수면으로 올라오고 있음을 알 수 있었다.

한 시간 전부터 노인의 눈앞에 검은 반점이 어른거렸다. 흐르는 땀 탓에 두 눈이 따가웠고, 또 눈 위쪽과 이마에 난 상처까지 쓰라렸다. 그는 검은 반점에 대해서는 별로 두려워하지 않았다. 줄을 힘껏 잡아당길 때면 으레 일어나는 현상이었기 때문이다. 그러나 두 번씩이나 눈앞이 아찔해지면서 현기증을 느끼자 걱정이 되었다.

"이따위 물고기하고 맞서다가 죽을 순 없지. 저놈이 저토록 멋지게 다가오고 있으니, 하느님, 제발 제게 버틸 수 있는 힘을 주소서. 주기도문을 100번 외우고, 성모송도 100번 외우겠습니다. 물론 지금은 욀 수가 없지만요." 그가 말했다.

그럼 일단 외웠다고 해 두자, 하고 그는 생각했다. 나중에 꼭 욀 테니까.

바로 그때 두 손으로 꽉 움켜잡고 있던 낚싯줄이 느닷없이 왈칵 당겨지고 있음을 그는 느꼈다. 그 힘은 날카롭고 맹렬했으며 묵직했다.

저놈이 창 같은 주둥이로 철사 목줄을 들이받고 있구나, 하고 그는 생각했다. 그렇게 나올 줄 알았지. 그러지 않을 수가 없었을 테지. 그 때문에 뛰어오르게 될지도 모르겠는걸. 지금으로서는 그대로 빙글빙글 돌아 줬으면 좋겠는데. 녀석은 공기를 들이마시려면 일단 뛰어올라야 할 거야. 그렇게 자꾸 뛰어오를 때마다 낚싯바늘이 박힌 자리가 점점 크게 벌어지다가 급기야 녀석한테서 낚시가 빠져 버릴지도 몰라.

"뛰어오르지 마라, 이놈아. 제발 뛰지 마." 노인이 말했다.

그 뒤로도 물고기는 몇 차례나 더 목줄을 들이받았고, 그놈이 대가리를 흔들 때마다 노인은 조금씩 줄을 풀어 주었다.

저 녀석의 고통을 지금만큼 유지시켜야 할 텐데, 하고 노인은 생각했다. 내 고통 따위는 문제가 아니야. 난 참을 수 있으니까. 하지만 저 녀석은 고통 때문에 미쳐 버릴지도 몰라.

이윽고 물고기는 더 이상 목줄을 후려치지 않았고, 또다시 천천히 원을 그리며 맴돌기 시작했다. 이제 노인은 꾸준히 줄을 끌어 들이고 있었다. 그러나 다시금 현기증이 일면서 정신이 아찔해졌다. 그는 왼손으로 바닷물을 떠서 머리에 끼얹었다. 그러고는 물을 더 떠서 목덜미에 문질렀다.

"이제 쥐가 나지 않는군. 저 녀석은 곧 물 위로 떠오를 테고, 나도 마지막까지 버틸 수 있을 거야. 반드시 끝까지 버텨야 하고말고. 그건 두말하면 잔소리지." 그가 말했다.

노인은 이물에 기댄 채 무릎을 꿇고 잠깐 동안 다시 등 위로 줄을 슬쩍 젖혔다. 저 녀석이 멀리서 선회하고 있으니 잠시 쉬기로 하자. 그러다가 가까이 다가오면 다시 일어나서 싸우기로 하자, 하고 그는 결심했다.

이물 쪽에서 휴식을 취하는 내내 줄을 감아 들이지 않고 물고기가 제멋대로 한 바퀴 돌도록 내버려 두고 싶은 마음이 간절했다. 그러나 줄의 팽팽한 정도로 미루어 보건대 물고기가 방향을 돌려서 배를 향해 다가오고 있음을 알 수 있었고, 그러자 노인은 자리에서 벌떡 일어나 자신의 몸을 회전축 삼아 돌기 시작했다. 마치 베를 짜듯 물고기가 끌고 간 줄을 모두 감아 들였다.

아까보다 훨씬 피곤하군, 하고 그는 생각했다. 이제 무역풍이 불어오는구나. 이 바람은 물고기를 끌고 가기에 안성맞춤일 거야. 몹시 기다리던 바람이 아니던가.

"저 녀석이 또다시 멀리 선회할 때 쉬어야겠구나. 기분도 훨씬 좋아졌어. 앞으로 저 녀석이 두세 바퀴만 더 돌아 준다면 잡을 수 있겠는걸." 그가 말했다.

노인의 밀짚모자는 뒤통수까지 젖혀져 있었다. 물고기가 방향을 바꾸고 있음을 알아차리자마자, 그는 줄에 붙들려 그만 이물 쪽에 털썩 주저앉고 말았다.

물고기 양반, 여전히 계속 애쓰고 계시군, 하고 그는 생각했다. 자네가 되돌아오면 잡아 버릴 테야.

파도가 꽤 높게 일었다. 그러나 좋은 날씨일 때에만 부는 미풍으로, 그가 항구로 돌아가려면 꼭 필요한 바람이었다.

"배를 남서쪽으로 돌려야겠군. 사람은 바다에서 길을 잃는 법이 없지. 게다가 내 터전은 길쭉한 섬이고 말이야." 그가 말했다.

노인이 맨 처음 물고기의 모습을 본 것은, 그놈이 세 번째로 선회할 때였다.

처음 보았을 때는 마치 시커먼 그림자 같았다. 그런데 배 밑을 통과하는 데 너무 오랜 시간이 걸렸으므로 그 길이를 도저히 믿을 수 없을 정도였다.

"아냐. 녀석이 이렇게까지 클 리 없어." 그가 말했다.

그러나 물고기는 실제로 거대했다. 물고기는 한 바퀴 다 돈 뒤에 배에서 이 미터 반 넘게 떨어진 수면 위로 모습을 드러냈다. 노인은 물 위로 솟아오른 그놈의 꼬리를 보았다. 꼬리는 큼직한 낫보다 훨씬 컸으며, 검푸른 물 위에서 엷은 보랏빛을 띠고 있었다. 꼬리는 약간 뒤쪽으로 비스듬히 기울어 있었는데, 물고기가 수면 바로 밑을 헤엄쳐 갈 때 거대한 몸뚱이와 띠를 두른 것 같은 자줏빛 줄무늬가 보였다. 등지느러미는 아래쪽으로 늘어져 있었고, 큼직한 가슴지느러미가 양쪽으로 활짝 펼쳐져 있었다.

이번에 회전할 때 노인은 물고기의 눈구멍을 똑똑히 바라볼 수 있었다. 또 잿빛 빨판상어 두 마리가 그 주위에 바짝 붙어 헤엄치고 있는 모습을 볼 수 있었다. 이 상어들은 종종 그놈에게 찰싹 붙기도 하고, 더러 떨어져 나오기도 했다. 그리고 또 어떤 때는 큰 물고기의 그늘 속에서 유유히 헤엄치기도 했다. 두 마리의 길이는 모두 90센티미터가 넘었고, 빠른 속도로 헤엄칠 때는 마치 뱀장어처럼 온몸을 맹렬하게 흔들어 댔다.

노인은 지금 구슬 같은 땀을 흘리고 있었지만 햇볕 때문만은 아니었다. 물고기가 침착하고 얌전하게 회전할 때마다 그는 줄을 끌어당기면서 이제 두 바퀴만 더 돌면 작살을 꽂을 기회가 오리라고 확신했다.

그러나 저 녀석을 가까이, 아주 가까이 끌어와야 해, 하고 그는 생각했다. 대가리를 노릴 게 아니라 바로 심장을 겨눠야 해.

"이 늙은이야, 침착하게 기운을 내라는 말이다." 그가 말했다.

다음 선회할 때 물고기의 등이 수면 위로 솟아올랐지만, 그놈은 아직 배에서 너무 멀리 떨어져 있었다. 그다음 선회할 때도 거리는 역시 너무 멀었지만 아까보다는 제법 물 위로 떠올라 있었다. 노인은 낚싯줄을 조금만 더 끌어당기면 물고기를 뱃전까지 유인할 수 있으리라고 확신했다.

노인은 오래전부터 작살을 준비해 놓았다. 작살에 매어 놓은 가벼운 줄도 벌써 둘둘 감아서 둥그런 광주리 안에 넣어 두었다. 그리고 그 끄트머리를 이물 말뚝에 단단히 묶어 놓았다.

물고기는 큼직한 꼬리만을 움직이며 무척 조용하고도 아름다운 모습으로 바닷속을 둥글게 맴돌면서 점점 더 가까이 다가오고 있었다. 노인은 물고기를 바투 끌어 들이려고 있는 힘을 다해 줄을 잡아당기고자 애썼다. 한순간 물고기는 약간 옆쪽으로 기우뚱했다. 그러고는 금방 다시 몸을 똑바로 하더니 원을 그리기 시작했다.

"내가 저 녀석을 움직이게 했구나. 마침내 저놈을 움직이게 한 거야." 노인이 말했다.

노인은 다시 한 번 정신이 아찔해졌지만 혼신의 힘을 다해 큰 물고기를 붙잡고 늘어졌다. 내가 저 녀석을 움직였어, 하고 그는 생각했다. 어쩌면 이번에는 저놈을 잡을 수 있을지도 몰라. 손아, 당겨라, 하고 그는 생각했다. 그리고 두 다리야, 끝까지 버텨 다오. 머리야, 너도 마지막까지 나를 위해 잘 견뎌 다오. 나를 위해 견뎌 줘야 해. 넌 지금껏 한 번도 정신을 잃은 적이 없지 않느냐. 이번에야말로 저 녀석을 끌어당기고 말 테다.

노인은 물고기가 뱃전에 나란히 와 닿기 전부터 온 힘을 다해 잡아끌기 시작했다. 그러나 물고기는 약간 뒤뚱거리더니 다시 몸을 똑바로 하고 도망쳐 버렸다.

"물고기야, 이 녀석아, 넌 결국 죽을 수밖에 없는 운명이야. 너도 나를 죽이겠단 말이냐?" 노인이 말했다.

그런들 얻을 건 아무것도 없어, 하고 노인은 생각했다. 입속이 바싹 말라서 말이 제대로 나오지 않았다. 심지어 이제는 손을 뻗어서 물병을 잡을 기운조차 없었다. 이번에는 반드시 저놈을 뱃전에 나란히 끌어다 붙이고 말 거야, 하고 그는 생각했다. 저렇게 계속 돌게 하다가는 결국 내가 견디지 못할 거야. 아냐, 그럴 리 없어, 하고 그는 스스로에게 타일렀다. 난 언제까지나 끄떡없을 거야.

물고기가 다시 둥글게 원을 그리며 맴돌고 있을 때 노인은 그놈을 거의 손아귀에 잡은 것이나 다름없었다. 그러나 물고기는 또다시 몸을 곧추세우더니 천천히 헤엄쳐 달아나 버렸다.

물고기야, 네놈이 지금 나를 죽이고 있구나, 하고 노인은 생각했다. 하지만 네게도 그럴 권리는 있지. 한데 형제여, 난 여태껏 너보다 크고, 아름답고, 침착하고 또 고결한 놈을 본 적이 없구나. 자, 그럼 이리 와서 나를 죽여 보려무나. 누가 누구를 죽이든 그게 무슨 상관이라는 말이냐.

이제 머리가 점점 몽롱해지는걸, 하고 그는 생각했다. 머리를 맑게 해야 해. 머리를 맑게 해서 어떻게 하면 인간답게 고통을 견뎌 낼 수 있는지를 알아내야 해. 아니면 저놈처럼 말이지, 하고 그는 생각했다.

"머리야, 맑아져라. 맑아지라는 말이다." 노인은 자신의 귀에도 잘 들리지 않을 만큼 나직한 목소리로 말했다.

물고기가 다시 두 바퀴 원을 그리며 맴돌았지만 사정은 마찬가지였다.

어찌 된 일인지 잘 모르겠는걸, 하고 노인은 생각했다. 그는 그럴 때마다 거의 의식을 잃고 기절할 것만 같았다. 참으로 모를 일이야. 하지만 한 번만 더 시도해 봐야지.

노인은 다시 한 번 시도해 보았다. 그러나 물고기의 방향을 돌려놓는 순간 그는 또다시 정신이 희미해짐을 느꼈다. 물고기는 거듭 몸을 곧추세우더니 큼직한 꼬리를 공중에서 갈지자로 흔들면서 천천히 헤엄쳐 달아났다.

다시 한 번 해 봐야지, 하고 노인은 마음속으로 다짐했다. 비록 두 손은 힘이 다 빠져서 우뭇가사리처럼 흐물흐물하고, 눈앞의 매 순간이 가물가물했지만 말이다.

그는 다시 시도해 보았지만 역시 마찬가지였다. 그렇다면 말이야, 하고 그는 생각했다. 미처 행동으로 옮기기도 전에 그는 의식이 몽롱해지고 있음을 느꼈다. 또 한 번 시도해 보자.

노인은 모든 고통과 마지막으로 남은 힘, 그리고 오래전에 사라져 버린 자부심을 총동원해서 물고기의 단말마와 맞섰다. 물고기가 그의 곁으로 다가왔다. 주둥이가 거의 뱃전에 닿을 듯 부드럽게 헤엄치면서 배 옆을 지나갔다. 은빛 살갗에 자리한 자줏빛 줄무늬는 길고 깊숙하고 드넓게 물속까지 끝없이 이어져 있는 듯했다.

노인은 낚싯줄을 놓고 한쪽 발로 그것을 딛고 서서 작살을 힘껏 높이 치켜들었다. 그러고는 최후의 힘을 다해, 아니, 그 이상으로 자신의 가슴 높이까지 솟아오른 물고기의 가슴지느러미 바로 뒤쪽 옆구리에 작살을 콱 꽂았다. 작살의 날이 물고기의 살 속을 뚫고 들어감을 느꼈다. 그는 작살에 기대어 그것을 더 깊숙이 박아 넣은 뒤 자신의 온 무게를 실어서 밀어 넣었다.

죽음을 맞이한 물고기가 갑자기 생기를 되찾은 듯이 수면 위로 길쭉하고 널찍한 몸뚱이와 함께 그 위력과 아름다움을 아낌없이 드러냈다. 배 안에 있는 노인보다도 더 높이 하늘로 치솟아 오른 듯 보였다. 그런 뒤 물고기가 첨벙하고 물속으로 떨어지는 바람에 물보라가 일었고, 노인과 배 위에 왈칵 쏟아져 내렸다.

노인은 의식이 몽롱하고 속이 메스꺼운 데다 앞도 잘 보이지 않았다. 그럼에도 작살의 밧줄을 풀어서 생살이 드러난 두 손으로 천천히 밧줄을 내어 주었다. 겨우 앞이 보이기 시작했을 때 고기는 은빛 배때기를 드러내고 벌렁 자빠진 채 물 위에 떠 있었다. 작살 자루가 물고기의 어깨 부위에 비스듬히 꽂힌 채 불쑥 튀어나와 있었다. 바다는 물고기의 심장에서 뿜어져 나오는 피로 온통 새빨갛게 물들었다. 처음에는 깊이가 일 킬로미터 반이 넘는 검푸른 바다에 무리 지어 떠 있는 고기 떼처럼 시커멓게 보였다. 그런데 차츰 구름처럼 퍼져 나갔다. 물고기는 은빛으로 반짝이며 파도와 함께 조용히 표류하고 있었다.

노인은 가물거리는 시선으로 조심스럽게 바라보았다. 그러고 나서 작살의 밧줄을 이물 말뚝에 두 번 감아 놓은 뒤 두 손으로 머리를 감쌌다.

"정신 차려야 해." 그는 이물 쪽 널빤지에 몸을 기대면서 말했다. "난 지쳐 버린 늙은이야. 하지만 난 나의 형제인 이 물고기를 죽였고, 지금부터 노예처럼 더러운 노동을 시작해야 한다고."

이제 올가미와 밧줄을 준비해서 저놈을 뱃전에 꽉 묶어 놓아야 해, 하고 노인은 생각했다. 비록 지금 우리 둘뿐이라 해도 무리하게 저놈을 배에 실었다간 아예 가라앉고 말 거야. 배 안에 고이는 물을 퍼내더라도 말이지. 만반의 준비를 갖추고 저놈을 배에 잘 붙들어 매자. 또 돛대를 세워 돛을 올리고 항구로 돌아가는 수밖에 없어.

노인은 뱃전으로 물고기를 끌어당긴 다음, 아가미에서 아가리로 밧줄을 꿰어 대가리를 이물 옆에다 꼭 붙들어 매기 시작했다. 이놈을 직접 똑똑히 보고 만지고 더듬어 보고 싶구나, 하고 그는 생각했다. 이놈은 내 재산이니까 말이야, 하고 그는 또 생각했다. 하지만 이놈을 만져 보고 싶은 건 그 때문만이 아냐. 난 이놈의 심장을 만져 본 것 같기도 해, 하고 그는 생각했다. 두 번째 작살을 찔렀을 때였어. 자, 이제 이놈을 바싹 잡아당겨서 꼬리와 배에 올가미를 하나씩 씌우고 배에 단단히 붙들어 매어야겠구나.

"이 늙은이야, 어서 일을 시작하시지." 그가 말했다. 그러고는 물을 조금 마셨다. "싸움을 마치고 나니 이제 노예처럼 뼈 빠지게 해야 할 일이 잔뜩 기다리고 있군."

노인은 하늘을 올려다보고서 다시 물고기한테로 눈을 돌렸다. 그리고 조심스럽게 태양을 쳐다보았다. 정오가 지난 지 그리 오래지 않았군, 하고 그는 생각했다. 무역풍이 불어오고 있었다. 이제 낚싯줄 따위는 아무래도 상관없어. 집으로 돌아가거든 그 아이와 함께 다시 꼬아서 엮으면 돼.

"자, 이리 온, 물고기야." 그가 말했다. 그러나 물고기는 다가오지 않았다. 그 대신 벌렁 누운 채 물 위에 둥실 떠 있을 따름이었다. 결국 노인이 배를 저어서 고기 쪽으로 다가갔다.

물고기 옆에 배를 대고, 그놈의 대가리를 배의 이물에다 붙들어 맬 때, 노인은 그 크기가 좀처럼 믿기지 않았다. 그는 말뚝에 매인 작살 밧줄을 풀어낸 뒤 그것을 물고기의 아가미 속으로 넣어서 턱으로 빼냈다. 그러고는 칼날처럼 뾰족한 주둥이를 한 번 감은 다음 다시 다른 쪽 아가미로 꿰어서 주둥이를 또 한 번 감고, 그 끝을 두 겹으로 얽어맨 뒤 이물 쪽 말뚝에 단단히 붙들어 맸다. 그러고 나서 밧줄을 끊었다. 이제 그는 꼬리를 매려고 고물 쪽으로 갔다. 본디 자줏빛과 은빛이 뒤섞인 물고기의 색깔은 바야흐로 순전한 은색으로 변해 있었고, 줄무늬는 꼬리와 똑같은 엷은 보랏빛을 띠었다. 줄무늬의 폭은 손가락을 활짝 편 어른의 손바닥만큼 넓었으며, 눈은 잠망경의 반사경처럼, 또 행렬에 뒤섞여 걸어가는 성자(聖者)의 눈동자처럼 초연했다.

"이놈을 죽이려면 그 방법밖에 없었어." 노인이 말했다. 물을 마시고 나니 기분이 훨씬 좋아졌다. 더는 기절할 것 같지 않았고, 머리도 맑아졌다. 보아하니 700킬로그램은 족히 나갈 것 같군, 하고 그는 생각했다. 어쩌면 더 나갈지도 몰라. 3분의

2만 정육을 해서 450그램당 30센트씩 받는다면?

"계산을 하자면 연필이 필요한데. 그걸 암산할 만큼 내 머리가 맑지 않아." 그가 말했다. "아마 저 훌륭한 디마지오 선수도 오늘 내가 해낸 일을 자랑스럽게 여길 거야. 물론 난 발뒤꿈치에 뼈돌기가 없지만 말이야. 그래도 손과 등은 정말로 아팠거든." 발뒤꿈치에 생기는 뼈돌기란 도대체 무엇일까, 하고 그는 생각했다. 깨닫지 못할 뿐 어쩌면 우리한테도 그런 게 있을지 몰라.

노인은 물고기를 고물과 이물 그리고 배 중앙부 가로대에 단단히 붙들어 맸다. 물고기가 너무 커서 훨씬 커다란 배 한 척을 나란히 가져다 붙여 놓은 것 같았다. 저놈의 아가리가 열리지 않도록 그는 줄을 한 가닥 끊어서 물고기의 아래턱을 주둥이에 잡아맸다. 그래야만 배가 그런대로 순조롭게 달릴 수 있었기 때문이다. 그러고 나서 돛대를 세우고, 막대기와 활대로 갈고리대를 장치한 뒤 누덕누덕 기운 돛을 활짝 펼치자 배가 움직이기 시작했다. 그는 고물에 반쯤 누운 채 남서쪽으로 방향을 잡았다.

노인은 남서쪽이 어느 쪽인지 알아내는 데 나침반 따윈 필요 없었다. 무역풍이 와 닿는 감촉과 나부끼는 돛의 형태만으로도 충분했다. 짤막한 낚싯줄에 인조 미끼라도 달아서 뭐든 잡아야겠어. 그렇게라도 배를 채우고 목을 축이는 게 좋겠는걸. 그러나 인조 미끼마저 찾을 수 없었고, 잡아 놓은 정어리는 벌써 썩어서 쓸 수 없었다. 결국 그는 하는 수 없이 물 위에 떠 있는 누런 모자반류 해초를 갈고리대로 건져 올려서 배 바닥에 대고 툭툭 털었다. 그러자 그 속에 든 잔새우가 떨어져 내렸다. 열두어 마리도 넘는 새우들이 마치 모래 벼룩처럼 팔딱팔딱 뛰었다. 노인은 엄지손가락과 집게손가락으로 새우 대가리를 잘라 낸 다음, 껍질과 꼬리까지 통째로 씹어 먹었다. 매우 작지만 영양가 높고 맛이 좋다는 사실을 그는 잘 알고 있었다.

노인의 물병에는 아직 두 번 정도 마실 물이 남아 있었는데, 새우를 먹고 나서 한 모금 분량의 절반을 마셨다. 무거운 짐을 실은 배치고는 꽤 잘 달리는 편이었다. 그는 키 손잡이를 겨드랑이에 끼우고 방향을 잡았다. 물고기의 모습이 잘 보였다. 그는 두 손을 펴 보고, 고물에 기댄 등의 감촉을 느끼고 나서야 비로소 이것이 꿈이 아니라 정말로 일어난 현실임을 깨달았다. 저놈과의 싸움이 끝나 갈 무렵, 몹시 피로하고 의식이 아물거렸다. 그때 그는 혹시 꿈을 꾸는 것이 아닐까, 하고 생각했었다. 물고기가 물 위로 뛰어올라서 물속으로 떨어지기 직전, 공중에 움직임 없이 떠 있는 모습을 본 순간, 그는 무슨 기적 같은 일이 일어났노라고 생각했다. 도저히 그 광경을 믿을 수 없었다. 지금은 시력을 되찾았지만 그때는 눈조차 잘 보이지 않았던 것이다.

이제 노인은 실제로 고기를 잡았고, 자기 손과 등의 아픔도 분명했으므로 정녕 꿈이 아니라는 사실을 잘 알고 있었다. 두 손의 상처는 곧 낫겠지, 하고 그는 생각했다. 피를 깨끗이 닦아 냈으니 소금물이 낫게 해 줄 거야. 만의 깊은 바닷물보다 더 좋은 약은 없지. 이제 나는 오직 정신을 똑바로 차리기만 하면 되는 거야. 두 손은 훌륭히 자기 몫을 다했고, 지금 우리 모두는 무사히 항구로 돌아가는 중이야. 고기는 아가리를 굳게 다문 채 꼬리를 아래위로 꼿꼿이 흔들면서, 그러니까 우리는 마치 형제처럼 항해하고 있지 않은가. 그런데 그때 노인의 머리가 다시 약간 흐려지기 시작했다. 고기가 나를 데려가고 있는가, 아니면 내가 고기를 데려가고 있는가, 하고 그는 생각했다. 만약 내가 고기를 뒤에 두고 데려가는 것이라면 아무런 문제가 없어. 저놈이 모든 위엄을 잃고 지금 배 안에 널브러져 있더라도 역시 아무런 문제가 없지. 그런데 고기와 배는 서로에게 묶인 채 나란히 항해하는 중이야. 만약 저놈이 나를 데려가는 거라면 그렇게 하라지, 하고 그는 생각했다. 나는 그저 저놈보다 꾀바른 것일 뿐, 애초에 저놈은 내게 아무 적의도 없었어.

그들은 순조롭게 항해를 이어 갔고, 노인은 두 손을 소금물에 적시면서 정신을 똑바로 차리고자 애썼다. 하늘 높이 뭉게구름이 떠 있고, 그 위에 엷은 새털구름이 번져 있었다. 노인은 이것이 밤새도록 미풍이 불어 댈 징조임을 알고 있었다. 그는 그것이 꿈이 아닌 현실이라는 사실을 확인이라도 하려는 듯이 줄곧 고기를 바라보았다. 최초의 상어가 습격해 온 것은 그로부터 한 시간 뒤의 일이었다.

상어는 우연히 나타난 것이 아니었다. 먹구름 같은 시꺼먼 피가 일 킬로미터 반쯤 되는 깊은 바닷속으로 조용히 퍼져나갔을 때부터 상어는 이미 심연에서 올라오고 있었으리라. 상어는 무섭도록 빨리, 아무런 거리낌도 없이 다가와서 푸른 수면을 가르고 햇살 속에 몸을 드러냈다. 그런 뒤에 다시 바닷속으로 들어가서 피 냄새를 음미하며 배와 고기가 나아가는 항로를 따라 헤엄치기 시작했다.

상어는 가끔 냄새를 놓쳐 버리기도 했다. 그러나 이내 냄새를 찾아냈고, 아무리 희미한 기미인들 결코 놓치지 않고 매우 빠른 속도로 맹렬히 배를 뒤쫓아 왔다. 아주 덩치 큰 마코

상어[41]였다. 그것은 바다에서 가장 빨리 헤엄칠 수 있는 놈인데다 주둥이를 제외하면 나무랄 데 없이 멋들어진 녀석이었다. 등은 황새치처럼 푸르고, 배때기는 은빛을 띠며, 가죽은 매끈하고 아름다웠다. 지금 수면 아래에서 높다란 등지느러미를 조금도 움직이지 않고 칼날처럼 물을 가르며 빠르게 헤엄치고 있었다. 꽉 다문 큼직한 주둥이를 빼면 정말 보통의 황새치와 비슷해 보였다. 이중으로 된 입술 안쪽에는 여덟 줄의 이빨이 내부로 비스듬히 박혀 있었다. 대부분의 상어처럼 피라미드 모양의 이빨은 아니었다. 가령 매 발톱처럼 오그린 사람의 손가락 같았다. 노인의 손가락 길이만 한 이빨의 양쪽 가장자리는 마치 면도날처럼 날카롭게 날이 서 있었다. 바다에 사는 고기라면 뭐든지 모조리 잡아먹을 것같이 생겼고, 민첩함이나 위력, 무기 면에서 이놈을 당해 낼 만한 녀석은 도저히 없었다. 바로 그런 놈이 좀 더 신선한 피 냄새를 맡고자 푸른 지느러미로 속력을 내며 물을 홱홱 가르고 있었다.

노인은 이놈이 다가오는 모습을 보았을 때, 바다에서 아무것도 두려워하지 않고 뭐든 원하는 대로 해치우는 상어임을 알아챘다. 상어가 다가오는 광경을 지켜보면서 작살을 준비하고 밧줄을 단단히 묶었다. 그러나 고기를 배에 붙들어 매느라 밧줄을 이미 끊어 버렸기에 그만큼 짧을 수밖에 없었다.

이제 노인의 머리는 충분히 맑아졌고 단호한 결의로 흘러넘쳤지만 희망은 별로 없었다. 좋은 일이란 오래가지 않는 법이거든, 하고 그는 생각했다. 그는 상어가 가까이 다가오는 것을 주시하면서 커다란 전리품을 힐끗 바라보았다. 차라리 꿈

41 '청상아리'라고 불리는 상어의 일종.

이었으면 좋았을걸, 하고 그는 생각했다. 상어의 공격을 막을 수는 없지만 혹시 해치울 수 있을지도 몰라. 에잇 '덴투소'[42] 이놈, 하고 그는 생각했다. 빌어먹을 놈 같으니.

상어는 날쌔게 고물 쪽으로 접근해 왔다. 그놈이 큰 고기를 공격했을 때 노인은 쩍 벌린 아가리와 이상야릇한 눈알, 그리고 이빨을 쩔꺽거리면서 물고기의 꼬리 바로 윗부분을 물어뜯는 장면을 보았다. 상어의 대가리가 물 밖으로 불쑥 올라왔고, 등허리도 물 위로 드러났다. 큰 고기의 껍질과 살점이 뜯기는 소리가 들렸다. 그 순간 노인은 대가리를 겨누고 두 눈을 잇는 선과, 코에서 등허리로 똑바로 뻗어 나간 선이 교차하는 지점에 작살을 푹 찔러 넣었다. 물론 상어에게 그런 선이 있을 리 없었다. 다만 큼직하고 뾰족한 푸른 대가리와 커다란 눈알, 짤깍거리면서 뭣이든 삼켜 버리는 불쑥 튀어나온 주둥이가 있을 뿐이었다. 그러나 노인은 그곳이 상어의 골이 들어 있는 부위임을 알았으므로 바로 그 지점을 찌른 것이었다. 피가 묻어 진득거리는 두 손으로 있는 힘을 다해서 믿음직스러운 작살을 그곳에 내리꽂았다. 희망은 없었지만 단호한 결의와 가차 없는 적의를 품고서 내리찍은 것이었다.

상어는 한 바퀴 뒹굴었고, 노인은 상어의 눈알에 이제 더 이상 생기가 없음을 알아차렸다. 상어는 다시 한 번 뒤집히더니 제 몸을 두 번이나 밧줄로 휘감아 버렸다. 노인은 상어가 죽었음을 알아챘지만 상어는 자신의 죽음을 인정하려 들지 않았다. 상어는 배때기를 드러내고 벌렁 뒤집힌 채 꼬리로 수면을 치고 주둥이를 딸깍거리면서, 마치 쾌속정처럼 파도를

42 '뾰족한 이빨'을 뜻하는 스페인어. 여기서는 마코상어를 가리킨다.

가르며 앞으로 나아갔다. 꼬리로 바닷물을 후려칠 때마다 하얀 물보라가 일었고, 밧줄은 팽팽하게 바르르 떨리더니 그만 뚝 끊겨 버렸다. 그러자 몸뚱이의 4분의 3쯤이 물 밖으로 드러났다. 잠시 동안 상어는 수면 위에 조용히 떠 있었고, 노인은 그 모습을 지켜보았다. 이윽고 상어는 아주 천천히 물속으로 가라앉았다.

"저놈이 20킬로그램 정도는 뜯어 갔겠는걸." 노인이 큰 소리로 중얼거렸다. 내 작살이랑 밧줄도 고스란히 가져가 버렸고 말이야, 하고 그는 생각했다. 내 큰 고기가 또다시 피를 흘리고 있으니 다른 상어 떼가 몰려오겠지.

노인은 몸뚱이가 뜯겨 성하지 않은 물고기를 이제 더는 바라보고 싶지 않았다. 물고기가 습격받았을 때 마치 자신이 물어뜯기는 것 같았다.

하지만 나는 내 물고기를 공격한 상어를 죽였어, 하고 노인은 생각했다. 또한 녀석은 지금껏 내가 봐 온 놈 중에서 가장 큰 덴투소였어. 여태껏 정말이지 큰 상어들을 많이 보아 왔지만 말이야.

좋은 일이란 오래가는 법이 없구나, 하고 그는 생각했다. 차라리 이게 한낱 꿈이었더라면 얼마나 좋을까. 이런 큰 고기를 아예 잡은 적도 없고, 지금 이 순간 침대에 신문지를 깔고 혼자 누워 있다면 얼마나 좋을까.

"하지만 인간은 패배하도록 창조된 게 아니야." 그가 말했다. "인간은 파멸당할 수 있을지 몰라도 패배할 수는 없어." 그러나 고기를 죽여서 정말 안됐지 뭐야, 하고 그는 생각했다. 이제부터 정말 어려운 일이 닥쳐올 텐데 난 작살조차 가지고 있지 않으니. 덴투소라는 놈은 무척이나 잔인하고 힘이 센 데다 머리도 좋지. 하지만 그놈보다야 내가 더 똑똑해. 아냐, 어쩌면 그렇지 않을지도 몰라, 하고 그는 생각했다. 어쩌면 단지 그놈보다 내가 좀 더 좋은 무기를 갖추었을 뿐인지도 몰라.

"이보게, 늙은이, 너무 생각하지 말게. 이대로 곧장 배를 몰다가 불운이 닥치면 그때 맞서 싸우시지." 그가 큰 소리로 말했다.

하지만 난 생각을 해야 해, 하고 그는 생각했다. 내게 남아 있는 것이라고는 생각하는 일밖에 없으니까. 생각하는 일하고 야구밖에 뭐가 더 있겠는가. 그런데 저 훌륭한 디마지오 선수는 내가 상어의 골통을 내리찍은 솜씨를 어떻게 생각하려나? 그야 뭐 대단한 솜씨라고는 할 수 없지만, 하고 그는 생각했다. 그 정도는 누구든 할 수 있으니까. 과연 내 손이 발뒤꿈치의 뼈돌기만큼이나 불리한 조건이었을까? 나로서는 알 수 없는 일이지. 헤엄을 치다가 가오리 침에 찔려서 다리 아래쪽이 마비되고 무진장 아팠던 적을 제외하면 발에 이상이 생긴 적은 한 번도 없었거든.

"이 늙은이야, 뭔가 좀 유쾌한 일을 생각해 봐. 이제는 시시각각 집으로 가까이 다가가고 있지 않은가. 게다가 물고기 무게가 20킬로그램이나 줄어서 배 역시 그만큼 가볍게 달릴 테니 말이야." 그가 말했다.

노인은 배가 해류 안쪽으로 들어가면 어떤 일이 일어날지 잘 알고 있었다. 그러나 지금으로서는 어찌할 도리가 없었다.

"아냐, 방법은 있어. 노의 손잡이에다 칼을 단단히 잡아매면 돼." 노인이 큰 소리로 말했다.

그래서 노인은 키를 겨드랑이 밑에 끼우고 발로 돛자락을 밟은 채 그 나름대로 무기를 만들었다.

"자, 됐어. 난 여전히 늙은이야. 하지만 전혀 무방비 상태는 아니지." 그가 말했다.

미풍이 다시 불어오기 시작했고, 배는 미끄러지듯 달렸다. 물고기의 앞쪽 부분만을 보고 있으려니 희망이 조금 되살아났다.

희망을 버린다는 건 어리석은 일이야, 하고 그는 생각했다. 더구나 그건 죄악이거든. 죄에 대해서는 생각하지 말자, 하고 그는 생각했다. 지금은 죄가 아니더라도 생각할 문제들이 얼마든지 있으니까. 게다가 나는 죄가 뭔지 아무것도 모르지 않은가.

난 죄가 뭔지 아무것도 모르는 데다, 죄를 믿는지조차 확실하지 않아. 고기를 죽이는 건 어쩌면 죄가 될지도 몰라. 설령 내가 먹고살기 위해, 또 많은 사람들을 먹여 살리기 위해 한 짓이라도 죄가 될 거야. 그렇다면 죄 아닌 게 없겠지. 죄에 대해서는 생각하지 말자. 그런 것을 생각하기에는 이미 너무 늦었어. 또 죄에 대해 생각하는 일로 벌어먹고 사는 사람도 있으니까 말이야. 죄에 대해선 그런 사람들에게나 맡기면 돼. 물고기가 물고기로 태어난 것처럼 넌 어부로 태어났으니까. 산 페드로[43]도 저 훌륭한 디마지오 선수의 아버지처럼 어부였지.

그러나 노인은 자신과 관련한 일이라면 무엇이든 생각하기를 좋아했다. 더구나 읽을 책도, 귀 기울일 라디오도 없었기 때문에 이것저것 닥치는 대로 생각했고, 또한 죄에 대해서도

43 성(聖) 베드로를 가리키는 스페인어. 예수 그리스도는 베드로에게 "고기를 낚는 어부가 아니라 사람을 낚는 어부가 되게 하리라."(「마태복음」 4장 19절)라고 말했다.

계속 생각했다. 네가 저 물고기를 죽인 까닭은 다만 먹고살기 위해서, 또는 식량으로 팔기 위해서만은 아니었어, 하고 그는 생각했다. 자존심 때문에, 그리고 어부이기 때문에 그 녀석을 죽인 거야. 너는 녀석이 아직 살아 있을 때도 사랑했고, 또 죽은 뒤에도 사랑했지. 만약 네가 저놈을 사랑한다면 죽여도 죄가 되지 않는 거야. 아니, 오히려 더 무거운 죄가 될까?

"이 늙은이야, 생각을 너무 많이 하는군." 그가 큰 소리로 말했다.

하지만 넌 덴투소를 죽였을 때 그 행위를 즐기고 있었잖아, 하고 노인은 생각했다. 그 녀석도 너처럼 생명을 잡아먹고 사는 동물이야. 그 녀석은 다른 상어들처럼 썩은 고기를 먹는 놈도 아니고, 게걸스럽게 먹어 치우기만 하는 대식가도 아니야. 아름답고 고결하고 아무런 두려움도 모르는 놈이지.

"내가 그 녀석을 죽인 건 정당방위였어. 게다가 정당한 방식으로 죽였다고." 노인은 큰 소리로 말했다.

더구나 이 세상의 모든 것들은 어떤 형태로든 다른 것들을 죽이고 있어, 하고 그는 생각했다. 고기 잡는 일은 나를 살게 하지만, 동시에 나를 죽이기도 하지. 그 소년은 나를 살려 주었어, 하고 노인은 생각했다. 나 자신을 너무 속여서는 안 되지.

노인은 뱃전 밖으로 몸을 내밀고 상어한테 물어뜯긴 고기의 살점을 조금 잡아뗐다. 그 고깃점을 씹으면서 고기의 질과 맛을 음미했다. 육류처럼 단단하고 촉촉했지만 빛깔이 붉지는 않았다. 힘줄도 없으니 시장에 내다 팔면 가장 비싼 값을 받을 수 있으리라. 그러나 바닷물 속의 피 냄새를 없앨 도리가 없었으니, 노인은 최악의 사태가 다가오고 있음을 예감했다.

미풍이 연신 불어왔다. 바람의 방향이 북동쪽으로 조금 바뀌었지만 노인은 바람이 잦아들지는 않으리라고 믿었다. 멀리 앞쪽을 바라다보았지만 돛 그림자나 선체 그림자 하나, 배에서 피어오르는 연기 한 줄기 보이지 않았다. 다만 이물 쪽에서 양쪽으로 이리저리 날뛰는 날치와 물에 떠다니는 누런 모자반류 해초 더미가 보일 뿐이었다. 심지어 새 한 마리조차 찾아볼 수 없었다.

노인은 고물 쪽에서 휴식을 취하며 원기를 돋우기 위해 청새치의 살을 가끔 뜯어 씹으면서 두 시간가량 항해해 나갔다. 바로 그때 상어 두 마리 중 첫 번째 놈이 다가오는 모습이 보였다.

"아이!"[44] 노인이 큰 소리로 외쳤다. 이 외침은 다른 어떤 말로도 옮겨 놓을 수 없었다. 못이 손바닥을 뚫고 널빤지에 박히고 있음을 느낄 때 무의식적으로 내지르는 그런 소리라고나 할까.

"갈라노[45]구나." 그는 큰 소리로 말했다. 첫 번째 상어를 뒤쫓아서 바짝 따라오는 두 번째 상어의 지느러미가 보였다. 삼각형 모양의 갈색 지느러미와, 빗자루로 휩쓸고 가는 듯한 꼬리의 움직임으로 봐서 코가 삽처럼 생긴 상어임을 알 수 있었다. 놈들은 피 냄새를 맡고 흥분해서 어쩔 줄 몰라 하고 있었다. 배가 너무 고파서 멍청해졌는지 냄새를 찾아냈다가 놓치고는 했다. 그렇게 놈들은 점점 더 가까이 다가오고 있었다.

44 스페인어 감탄사 'Ay.' 저자는 이것을 다른 어떤 언어로도 옮길 수 없다고 생각해서 원어 그대로 표기했다.

45 본디 '멋지거나 용감하거나 우아한' 것을 뜻하는 스페인어이지만, 여기에서는 코가 삽 모양으로 생긴 '얼룩덜룩한' 상어를 가리킨다.

노인은 재빨리 돛줄을 붙들어 매고 키가 움직이지 않도록 단단히 고정했다. 그러고는 칼을 잡아맨 노를 집어 들었다. 두 손이 아파서 제대로 움직일 수 없었으므로 될 수 있는 대로 살며시 그것을 들어 올렸다. 노를 쥔 채 두 손의 통증을 풀어 보고자 각각 번갈아 가며 폈다 오므리기를 반복했다. 두 손의 고통에 아랑곳하지 않으려고 힘껏 손을 움켜쥔 채 상어들이 가까이 다가오는 모습을 지켜보았다. 넓적하고 평평한 삽처럼 생긴 머리통과, 끄트머리가 희고 널찍한 가슴지느러미가 보였다. 언제나 지독한 악취를 내뿜는 밉살스러운 이놈들은 다른 물고기를 직접 잡아먹기도 하고, 썩은 고기를 해치우기도 한다. 배가 고프면 노든 키든 아무것이나 닥치는 대로 물어뜯는다. 바다거북이 물 위에서 잠자고 있을 때 다리를 잘라 먹고 달아나는 것도 바로 이놈들이다. 이 녀석들은 일단 배가 고프면 피 냄새나 생선 비린내가 굳이 풍기지 않더라도 물속에 있는 사람에게까지 덤벼든다.

"아이! 갈라노 놈아, 이 갈라노 놈아, 어디 덤빌 테면 덤벼 보아라." 노인이 외쳤다.

상어들이 다가왔다. 그러나 이놈들은 마코상어처럼 당장 덤벼들지는 않았다. 그중 한 놈이 갑자기 몸을 뒤집더니 배 밑으로 자취를 감추어 버렸다. 노인은 상어 녀석이 고기를 물어뜯고 잡아당길 때마다 배가 흔들리고 있음을 느낄 수 있었다. 다른 한 놈은 가늘게 찢긴 누런 눈깔로 노인을 빤히 쳐다보더니 잽싸게 다가와서 반달 모양의 주둥이를 쩍 벌리고 이미 뜯겨 나간 부위를 잽싸게 덮쳤다. 골과 척추가 연결된 갈색 머리통, 등 위에 난 선이 뚜렷이 드러났다. 노인은 거기를 향해 노에 매어 놓은 칼을 푹 찌르고는 다시 뽑아냈다. 그리고 이번에는 고양이 눈깔 같은 누런 눈알을 향해 다시 한 번 더 내리 찔렀다. 상어는 물고기한테서 미끄러지듯 떨어져 나가며 죽어가는 와중에도 물어뜯은 살 조각을 삼키고 있었다.

또 다른 상어가 배 밑에서 여전히 고기를 물어뜯고 있었으므로 배는 연신 흔들렸다. 노인이 재빠르게 돛줄을 풀어 배를 옆으로 돌리자 상어가 물 밑에서 모습을 드러냈다. 상어를 발견하자 그는 재빨리 뱃전 밖으로 몸을 내밀어서 상어에게 일격을 가했다. 그러나 칼은 상어의 몸뚱이를 쳤을 뿐 단단한 껍질까지 제대로 뚫고 들어가지는 못했다. 세게 찌르는 충격의 반작용으로 그의 두 손뿐 아니라 어깨까지 아파 왔다. 그러나 상어는 수면 위로 대가리를 내밀고 날쌔게 다가왔다. 노인은 상어가 코를 물 밖에 내놓고 고기를 물어뜯을 때, 그 납작한 대가리 한복판을 정통으로 찔렀다. 노인은 칼을 뽑아서 다시 한 번 똑같은 부위를 내리찍었다. 그러나 상어는 여전히 갈고리처럼 굽은 주둥이로 고기에 매달렸고, 이에 노인은 그놈의 왼쪽 눈을 칼로 푹 쑤셨다. 그럼에도 상어는 여태 고기에 매달려 있었다.

"아직도 모자르냐?" 노인은 이렇게 말하면서 이번엔 척추와 골통 사이에 칼날을 내리꽂았다. 아까보다 힘이 덜 들었고, 연골이 갈라지고 있음을 느꼈다. 노인은 노를 거꾸로 잡고서 상어의 주둥이 속에다 노깃을 비틀어 넣고 아가리를 벌렸다. 노를 한 바퀴 비틀자 상어가 미끄러지듯 떨어져 나갔다. 그러자 노인은 이렇게 말했다. "잘 가거라, 갈라노 놈아. 일 킬로미터 넘는 바다 밑으로 깊숙이 가라앉거라. 거기서 네 친구를 만나 보려무나. 아니면 네 어미를 만나거나."

노인은 칼날을 닦고 노를 내려놓았다. 그러고는 돛줄을

찾아내 동여매었고 돛에 바람을 가득 싣고서 항로를 따라 배를 달렸다.

“저놈들이 고기의 4분의 1은 뜯어 간 것 같군. 그것도 가장 좋은 부위를 말이야.” 노인은 큰 소리로 말했다. “차라리 이 일이 꿈이었더라면 좋았을걸. 또 이 물고기를 잡지 않았더라면 좋았을 텐데. 물고기야, 너한테는 정말 미안하게 되었구나. 결국 모든 게 엉망이 되어 버렸어.” 그는 말을 멈추었고, 이제 더 이상 고기를 바라보고 싶지 않았다. 피가 빠지고 바닷물에 깨끗이 씻긴 고기는 거울의 뒷면처럼 은색을 띠었으나 줄무늬만큼은 아직도 선명했다.

“물고기야, 난 이렇게 멀리 나오지 말았어야 했는데. 너를 위해서나 나를 위해서 말이다. 물고기야, 미안하구나.” 그가 말했다.

자, 하고 노인은 자신에게 얘기했다. 칼을 잘 잡아맸는지 점검해 보고, 혹시 끈이 끊기지 않았는지 살펴봐야지. 놈들은 계속 더 몰려올 테니, 손도 제대로 쓸 수 있도록 준비해 둬야겠어.

“칼을 갈 숫돌이 있으면 좋으련만.” 노인은 노 끝부분에 묶어 둔 끈을 살펴보면서 말했다. “숫돌을 가지고 올 걸 그랬어.” 가지고 왔어야 할 것이 많았군, 하고 그는 생각했다. 하지만 이 늙은이야, 넌 그것들을 가지고 오지 않았잖아. 지금은 가져오지 않은 물건 따위를 생각할 때가 아니야. 현재 가지고 있는 물건으로 뭘 할 수 있는지 생각해 봐.

“자넨 여러모로 좋은 충고를 해 주는군. 그러나 이젠 그것마저 신물이 나.” 그가 큰 소리로 말했다.

배가 앞으로 나아갈 때, 노인은 겨드랑이 밑에 키를 끼우고 물속에 두 손을 담갔다.

"마지막 놈이 얼마나 많이 뜯어 먹었는지 모르겠군." 그가 말했다. "하지만 덕분에 배는 훨씬 가벼워졌어." 그는 물어뜯긴 고기의 아랫배 부분을 굳이 생각하고 싶지 않았다. 상어가 쿵 하고 덮칠 때마다 살점이 떨어져 나갔을 테니, 지금쯤 물고기는 온갖 상어가 뒤쫓아 오도록 바다에 널찍한 고속 도로를 닦아 놓았으리라. 노인은 그 점을 잘 알고 있었다.

이것 하나면 한 사람이 한겨울 내내 먹고살 수 있을 텐데, 하고 노인은 생각했다. 그런 생각은 집어치워. 이젠 그저 휴식을 취하면서 남은 고기를 지켜 낼 수 있도록 손이나 제대로 풀어 두라고. 앞으로 바다에선 피 냄새가 진동할 테니, 내 손에서 나는 피 냄새쯤이야 아무것도 아닐 테지. 더구나 지금은 내 손의 출혈도 대단하지 않은걸. 또 걱정할 만한 상처도 없고 말이야. 오히려 피를 흘린 덕분에 더는 왼손에 쥐가 나지 않는지도 몰라.

이제 무슨 생각을 해야 하나? 하고 노인은 생각했다. 아무것도 없어. 아무 생각도 없이 다만 다음에 달려들 상어들만을 기다리기로 하자. 차라리 이게 꿈이라면 얼마나 좋을까, 하고 노인은 생각했다. 하지만 누가 알겠어? 일이 모두 잘 풀릴지도 모르잖아.

다음에 공격해 온 놈도 코가 납작한 삽상어였다. 그놈은 마치 구유에다 주둥이를 가져다 댄 돼지처럼 다가왔다. 만약 돼지한테 사람 머리가 그대로 쑥 들어가 버릴 만큼 커다란 주둥이가 있다면 말이다. 노인은 상어가 고기에게 덤벼들도록 그대로 내버려 두었다가 노 끝에 매어 둔 칼로 골통을 내리 찔렀다. 그런데 상어가 구르면서 몸뚱이를 뒤로 젖히는 바람에 칼날이 딱 하고 부러져 버렸다.

노인은 자리에 앉아서 키를 잡았다. 큼직한 상어는 처음엔 실물 크기로 보이다가 차츰 작아지더니 나중에는 아주 조그마한 점이 되어 천천히 물속으로 가라앉았다. 그러나 노인은 그 모습을 보지 않았다. 그런 광경은 언제나 노인을 사로잡았지만 지금은 거들떠보지도 않았다.

"아직 작살이 남아 있어. 하지만 별로 소용이 없을 거야. 그래도 노 두 개, 키 손잡이와 짤막한 몽둥이가 하나 있지." 노인이 말했다.

난 상어 놈들한테 완전히 지고 말았구나, 하고 노인은 생각했다. 이제 너무 늙어서 몽둥이로 상어를 때려죽일 만한 힘도 없어. 그렇지만 내게 노와 짤막한 몽둥이와 키 손잡이가 있는 한 끝까지 싸워 볼 테다.

노인은 다시 두 손을 바닷물 속에 담갔다. 벌써 오후가 저물어 가고 있었다. 바다와 하늘밖에는 아무것도 보이지 않았다. 바람은 전보다 훨씬 세차게 불었으므로 그는 어서 뭍이 보이기를 바랐다.

"이 늙은이야, 너는 지쳐 있단 말이야. 속속들이 지치고 만 거야." 그가 말했다.

상어 떼가 또다시 공격해 온 것은 해가 떨어지기 직전이었다.

노인은 포획한 물고기가 분명 물속에 만들어 놓았을 널찍한 피의 수로를 따라 쫓아오는 갈색 지느러미들을 보았다. 이미 그놈들은 냄새를 찾아냈으므로 이리저리 헤매지도 않았다. 어깨를 나란히 하고 배를 향해 똑바로 헤엄쳐 오고 있었다.

노인은 키를 고정하고 돛줄을 단단히 동여맨 다음, 손을 뻗어 고물 밑창에서 몽둥이를 끄집어냈다. 그것은 60센티미터 정도의 길이로 자른 부러진 노의 손잡이였다. 손잡이가 있어서 한 손으로도 쉽게 다룰 수 있었다. 그는 오른손으로 그것을 움켜잡고 손목을 가볍게 움직이면서 상어 떼가 다가오는 광경을 지켜보았다. 두 마리 모두 갈라노 상어였다.

먼저 오는 놈이 고기를 물어뜯도록 내버려 두었다가 콧등이나 대가리를 정통으로 후려갈겨야지, 하고 그는 생각했다.

상어 두 마리는 바싹 붙어서 다가왔다. 바로 옆에 다가선 놈이 아가리를 딱 벌리고 고기의 은빛 옆구리에 덤벼들었을 때, 노인은 몽둥이를 높이 치켜들었다가 넓적한 머리통 위로 꽝 하고 힘껏 내리갈겼다. 몽둥이가 상어의 머리통에 닿는 순간, 단단한 고무와 같은 탄성이 느껴졌다. 또한 딱딱한 뼈의 감촉 역시 느껴졌다. 그는 상어가 물고기한테서 스르르 미끄러 떨어지는 찰나, 다시 한 번 세차게 콧등을 힘껏 후려갈겼다.

또 한 마리는 가까이 다가왔다가 멀리 물러나더니 입을 딱 벌리고 다시 가까이 덤벼들었다. 그놈이 고기를 덥석 물었다가 입을 다물 때, 주둥이 옆으로 살점이 허옇게 떨어져 나가는 모습이 보였다. 노인은 힘차게 몽둥이를 휘둘러서 그놈의 골통을 내리쳤지만 상어는 그를 한 번 흘낏 바라보더니 연신 고기의 살을 물어뜯었다. 상어가 고기를 삼키려고 뒤로 물러날 때 또다시 그놈을 향해 몽둥이를 내리쳤다. 그러나 고무처럼 육중하고 단단한 탄력만이 느껴질 뿐이었다.

"갈라노 놈아, 이리 덤벼라. 어디 다시 한 번 덤벼 보아라." 노인이 소리쳤다.

상어는 와락 잽싸게 덤벼들었고, 노인은 그놈이 주둥이를 다무는 순간 후려쳤다. 그는 몽둥이를 되도록 높이 치켜들었다가 보기 좋게 힘껏 내리쳤다. 이번에는 상어의 골통 아래쪽 뼈에 딱 들어맞았음이 느껴졌다. 상어가 굼뜨게 살점을 물어뜯고 고기에게서 서서히 물러날 때 또다시 같은 부위를 후려갈겼다.

노인은 상어가 다시 한 번 공격해 오려니, 하고 지켜보았지만 두 놈 모두 나타나지 않았다. 잠시 후 한 놈이 수면 위에서 빙글빙글 원을 그리며 헤엄치는 모습이 보였다. 다른 놈은 이제 지느러미조차 보이지 않았다.

놈들을 죽이는 것까지야 기대할 수 없지, 하고 노인은 생각했다. 아마 한창때 같았으면 틀림없이 죽일 수도 있었을 테지만. 그래도 두 놈 모두에게 심한 상처를 입혔으니 성하지는 못할 거야. 두 손으로 몽둥이를 휘두를 수만 있었다면 첫 번째 놈은 확실히 죽였을 텐데, 이렇게 늙었어도 말이야, 하고 그는 생각했다.

노인은 도무지 물고기를 바라볼 엄두가 나지 않았다. 이미 절반은 물어뜯겨 사라졌으리라는 사실을 잘 알았기 때문이다. 그가 상어 떼와 싸우는 동안 해는 벌써 떨어졌다.

"이제 곧 어두워지겠는걸. 그럼 이제 아바나의 불빛이 보이겠지. 혹시 너무 동쪽으로 나왔다면 새로운 해안의 불빛이 보일 테고." 그가 말했다.

이제 그다지 멀리 떨어져 있지는 않을 텐데, 하고 노인은 생각했다. 아무도 나 때문에 걱정을 하지 않았으면 좋겠군. 물론 그 아이는 내 걱정을 하고 있을 거야. 하지만 그 아이는 확신하고 있을 테지. 늙은 어부들 역시 내 걱정을 할 거야. 그 밖에 다른 많은 사람들도 걱정하고 있겠지, 하고 노인은 생각했다. 난 정말 좋은 마을에 살고 있구나.

물고기는 너무 심하게 물어뜯긴 터라 노인은 이제 더 이상 그놈한테 말을 걸 수가 없었다. 문득 어떤 생각이 그의 머릿속을 스쳐 지나갔다.

"고기는 이제 반쪽이 되었구나. 한때는 온전한 한 마리였는데. 내가 너무 멀리까지 나왔어. 내가 우리 둘을 모두 망쳐 버렸어." 노인이 말했다. "하지만 너랑 나랑 둘이서 많은 상어를 죽이고 다른 고기들도 잡지 않았느냐. 물고기야, 지금까지 넌 얼마나 많은 것들을 죽였니? 대가리에 뾰족한 창날 같은 주둥이를 공연히 달고 있는 건 아니잖아."

노인은 이 고기에 대해, 만약 이 고기가 자유롭게 헤엄쳐 돌아다닐 수 있다면 상어를 상대로 어떻게 싸웠을까, 하고 흐뭇한 마음으로 상상해 보았다. 이놈의 주둥이를 잘라 내서 그것을 가지고 상어들과 싸웠더라면 좋았을 텐데, 하고 그는 생각했다. 하지만 그것을 잘라 낼 도끼도, 칼도 없지 않은가.

만약 잘라 낼 수 있어서 그것을 노의 손잡이에 잡아맸다면 얼마나 훌륭한 무기가 되었겠는가. 그랬더라면 우리는 함께 싸울 수 있었을 텐데. 한밤중에 상어 놈들이 다시 공격해 오면 어떻게 하지? 어떻게 할 작정이냐고?

"놈들과 싸우는 거지. 죽을 때까지 싸울 거야." 그가 말했다.

그러나 이윽고 날이 어두워진 데다 하늘에 비치는 훤한 광채도, 불빛도 전혀 보이지 않았다. 다만 불어오는 바람에 돛이 한결같이 팽팽해져 있을 뿐, 노인은 어쩌면 자신은 이미 죽은 몸이 아닐까 하고 생각했다. 그래서 두 손을 마주 잡고 손바닥을 만져 보았다. 손은 죽어 있지 않았고, 그래서 두 손을 수차례 폈다 오므리며 살아 있다는 고통을 느꼈다. 고물에 몸을 기대어 보니 자신이 죽지 않았음을 깨달았다. 어깨가 그렇다고 말해 주었던 것이다.

만약 이 물고기를 잡으면 기도를 드리겠다고 약속했었지, 하고 그는 생각했다. 그러나 지금은 너무 지쳐서 기도를 드릴 수 없어. 부대를 가져다가 어깨를 덮는 게 좋겠어.

노인은 고물 쪽에 누워서 키를 잡은 채 하늘에 찬연한 불빛이 비쳐 오기만을 기다렸다. 고기는 반밖에 남지 않았군, 하고 그는 생각했다. 운이 좋으면, 아마 앞쪽의 반만이라도 가져갈 수 있겠지. 내게도 약간은 운이 남아 있어야 할 게 아닌가. 아니, 그럴 리 없어, 하고 그는 말했다. 지나치게 멀리 나왔을 때부터 너는 이미 운수를 망쳐 버리고 만 거야.

"바보 같은 생각은 이제 그만하시지. 정신 똑바로 차리고 키나 잡아. 이제부터라도 행운이 찾아올지 어떻게 알아." 그가 큰 소리로 말했다.

"행운을 파는 곳이 있다면 조금 사고 싶군." 그가 말했다.

그런데 뭣으로 사지? 그는 스스로에게 물어보았다. 잃어버린 작살과 부러진 칼과 부상당한 이 손으로 그걸 살 수 있을까?

"어쩌면 살 수 있을지도 몰라. 넌 바다에서 보낸 여든 날 하고도 나흘로 그것을 사려고 했어. 상대방도 네게 그걸 거의 팔아 줄 듯했잖아." 그가 말했다.

쓸데없는 생각은 하지 말자, 하고 노인은 생각했다. 행운의 여신이란 여러 모습으로 나타나는 법인데 누가 그것을 알아본다는 말인가? 어쨌든 어떤 모습의 행운일지라도 얼마쯤 손에 넣고 그것이 요구하는 대로 값을 치를 테야. 하늘에 훤한 불빛이 나타나면 좋을 텐데, 하고 그는 생각했다. 나는 바라는 게 너무 많구나. 그러나 당장 절실히 바라는 건 그 훤한 불빛을 바라보는 것뿐이야. 그는 더 편안한 자세로 앉아 키를 잡고서 몸의 통증 때문에 아직 자신이 죽지 않았음을 느끼고 있었다.

밤 10시쯤 되었으리라고 여겨질 무렵, 하늘에 훤히 반사되는 아바나의 불빛이 보였다. 처음에는 달이 뜨기 전의 하늘처럼 겨우 알아볼 수 있을 만큼 어렴풋할 따름이었다. 그러다가 때마침 바람이 거세게 불어오자 거친 바다 너머로 불빛이 아무런 흔들림 없이 뚜렷하게 보였다. 그는 불빛이 비치는 쪽을 향해 배를 돌리고, 이제 곧 멕시코 만류의 가장자리로 틀림없이 진입하리라고 생각했다.

이제 싸움은 끝났어, 하고 그는 생각했다. 어쩌면 상어 떼가 다시 공격해 올지도 모르지. 그러나 이렇게 캄캄한 어둠 속에서 무기도 없이 상어를 상대로 어떻게 싸울 수 있단 말인가?

노인의 몸은 차차 빳빳해지면서 아파 왔다. 밤의 냉기 때문에 상처 난 곳과 내내 긴장되어 있던 부위가 욱신욱신 쑤셨다. 더 이상 싸우지 않으면 좋으련만, 하고 그는 생각했다. 제발 또다시 싸우지 않아도 된다면 오죽이나 좋을까.

그러나 자정 무렵 노인은 다시 한 번 싸워야 했다. 이번에는 승산 없는 싸움임을 알았다. 상어는 떼를 지어 몰려왔고, 그의 눈에는 상어 지느러미가 수면에 길게 드리우는 물결과 그것들이 물고기에게 덤벼들 때 비치는 인광만이 보일 뿐이었다. 그는 상어의 대갈통을 몽둥이로 마구 후려쳤고, 상어 주둥이가 부서지는 소리를 들었다. 또 상어가 배 밑으로 들어갈 때마다 불길한 진동을 느꼈다. 그는 다만 느낌과 소리에 의지해서 필사적으로 몽둥이를 휘둘러 댔다. 그 순간 뭔가가 몽둥이를 잡아채는 것이 느껴졌고, 이제 몽둥이마저 어디론가 사라져 버리고 말았다.

노인은 키에서 손잡이를 잡아 뺀 뒤 두 손으로 움켜쥐고 닥치는 대로 마구 후려갈겼다. 그럼에도 상어 떼는 이물 쪽으로 몰려가서 한 놈씩 번갈아 가며, 또는 한꺼번에 덤벼들며 고기를 물어뜯었다. 상어 떼가 다시 한 번 덤벼들려고 되돌아올 때 물어뜯긴 고기의 살점이 바다 아래에서 밝은 빛을 내뿜었다.

마침내 한 마리가 마지막으로 고기의 머리를 향해 돌진해 오자 노인은 이제 모든 것이 끝장났음을 깨달았다. 그는 좀체 뜯기지 않는 육중한 물고기의 대가리를 문 상어의 머리통을 향해 손잡이를 내리쳤다. 한 번, 또 한 번, 그리고 다시 한 번 상어의 골통을 계속 내리갈겼다. 손잡이가 부러지는 소리가 들렸고, 조각난 끝부분으로 상어를 힘껏 찔렀다. 살을 뚫고 들어가는 감촉이 느껴졌고, 부러진 손잡이의 끄트머리가 뾰족하다는 사실을 알아차린 그는 그것을 다시 한 번 깊숙이 찔러 박았다. 그러자 상어는 물었던 살점을 내뱉고 나뒹굴더니 물러갔다. 그 녀석이 몰려든 상어 떼의 마지막 놈이었다. 뜯어 먹을 고기도 이제 더는 남아 있지 않았다.

노인은 거의 숨을 쉴 수 없을 정도였고, 입속에선 이상한 맛이 감돌았다. 구리 같은 들척지근한 맛이 느껴진 순간, 노인은 덜컥 겁이 났다. 다행히도 그렇게 심한 것은 아니었다.

노인은 바다에 침을 뱉으며 말했다. "이거나 처먹어라, 이 갈라노 놈아. 그리고 사람 잡는 꿈이나 꾸어라."

그는 바야흐로 돌이킬 수 없을 만큼 완전히 녹초가 되었다. 고물 쪽으로 기어가 보니 톱니 모양으로 부러진 키 손잡이의 토막이 키 구멍에 잘 들어가 있었다. 이 정도면 그런대로 충분히 방향을 잡을 수 있었다. 그는 부대를 어깨 위에 걸치고 배의 진로를 잡았다. 이제 배는 바다 위를 가볍게 미끄러지듯 달렸다. 그에게는 아무런 생각도, 아무런 감정도 떠오르지 않았다. 노인은 모든 것을 초월한 상태로, 배를 최대한 요령 있게 다루며 무사히 항구에 도착할 수 있도록 몰았다. 누군가 식탁에서 음식 부스러기를 주워 먹듯 한밤중에도 상어 떼가 고기 잔해에 덤벼들었다. 그러나 노인은 상어 떼에는 전혀 관심을 두지 않은 채 오직 키 잡는 일에만 집중했다. 뱃전에 달린 무거운 짐을 잃은 배가 얼마나 가볍고 순조롭게 바다 위를 미끄러지듯 달리는지만을 느낄 따름이었다.

배에는 이상이 없구나, 하고 그는 생각했다. 키 손잡이 말고는 전혀 피해를 입지 않았어, 손잡이 따위야 쉽게 갈아 끼울 수 있지.

노인은 이제 배가 해류 안으로 들어왔음을 느낄 수 있었고, 해안을 따라 자리한 마을의 불빛이 보였다. 배가 어디쯤 와 있는지를 알았기에 이제 항구로 돌아가기는 누워서 떡 먹기였다.

뭐니 뭐니 해도 바람은 우리의 친구니까, 하고 그는 생각했다. 때에 따라서 말이지, 하고 그는 단서를 붙였다. 그리고 거대한 바다, 그곳에는 우리의 친구도 있고 적도 있어. 참, 침대는, 하고 그는 생각했다. 침대는 내 친구거든. 침대 말이야, 하고 그는 생각했다. 침대란 참 좋은 물건이지. 녹초가 되었을 때 그토록 편안하게 해 주니 말이야, 하고 그는 생각했다. 침대가 얼마나 안락한 물건인지 예전엔 미처 몰랐어. 한데 너를 이다지도 녹초가 되게 한 것은 도대체 뭐라는 말이냐, 하고 그는 생각했다.

"아무것도 없어. 다만 너는 너무 멀리 나갔을 뿐이야." 그는 큰 소리로 말했다.

노인이 조그마한 항구 안에 닿았을 때, '테라스'의 불빛은 이미 꺼져 있었으므로 다들 잠자고 있다는 사실을 알 수 있었다. 산들바람이 꾸준히 불더니 차츰 거세지고 있었다. 그러나 항구 안은 조용했고, 그는 바위 아래 조그마한 자갈밭에 배를 댔다. 도와주는 사람이 누구 하나 없음에도 노인은 되는대로 배를 물 깊숙한 곳까지 바싹 끌어 올렸다. 그러고는 배에서 내려 그것을 바위에 단단히 붙들어 맸다.

노인은 돛대를 빼내고 돛을 감아서 묶었다. 이제 돛대를 어깨 위에 걸머메고 언덕길을 오르기 시작했다. 그제야 비로소 스스로 얼마나 녹초가 되었는지 자각할 수 있었다. 잠깐 발걸음을 멈추고 뒤를 돌아보니 가로등 불빛에, 고기의 커다란 꼬리가 조각배의 고물 뒤쪽에 꼿꼿이 서 있는 모습이 보였다. 그리고 허옇게 드러난 등뼈의 윤곽과 뾰족한 주둥이가 달린 시커먼 머리통 그리고 모조리 앙상하게 텅 비어 있는 몸뚱이가 보였다.

노인은 다시 언덕길을 오르기 시작했다. 언덕 꼭대기에 이르렀을 때 그만 넘어져서, 돛대를 어깨에 걸머멘 채 한참 동안 누워 있었다. 일어나려고 애썼지만 너무 힘겨웠다. 가까스로 돛대를 어깨에 멘 채 일어나 앉아서 길 쪽을 바라보았다. 마침 길 저쪽으로 고양이 한 마리가 오줌을 누려는지 지나가고 있었다. 노인은 고양이를 물끄러미 바라보았다. 그러고는 다시 길 쪽을 우두커니 바라다보았다.

마침내 노인은 돛대를 내려놓고 자리에서 일어섰다. 그리고 다시 돛대를 집어서 어깨에 메고 길 위쪽으로 올라가기 시작했다. 오두막집에 도착할 때까지 노인은 다섯 차례나 쉬어야 했다.

오두막집에 들어선 노인은 돛대를 벽에 기대 놓았다. 어둠 속에서 물병을 찾아 물을 한 모금 마셨다. 그러고는 침대에 벌렁 드러누웠다. 담요를 어깨와 등과 다리까지 푹 덮고 두 팔은 쭉 뻗은 채 손바닥을 위로 펼치고 신문지에 얼굴을 파묻었다. 그렇게 잠이 들었다.

이튿날 아침, 소년이 오두막집 문 안을 들여다보았을 때 노인은 여전히 잠을 자고 있었다. 그날은 바람이 몹시 사납게 불어서 유망어선(流網漁船)은 바다에 나갈 수 없었다. 그래서 소년은 늦잠을 자고 일어난 뒤, 아침마다 늘 그랬듯이 노인의 오두막집에 찾아와 본 것이었다. 소년은 노인이 숨을 쉬고 있는지 확인하고서 노인의 두 손을 바라보며 울기 시작했다. 그리고 커피를 가져오려고 조용히 오두막집을 빠져나와서 길을 따라 내려가는 내내 엉엉 울었다.

많은 어부들이 조각배 주위에 모여 서서 뱃전에 매달린 것을 구경하고 있었다. 한 어부는 바지를 걷어 올리고 물속으로 들어가서 낚싯줄로 고기 잔해를 재고 있었다.

소년은 그곳으로 내려가지 않았다. 벌써 가 보았던 것이다. 어부 하나가 소년을 대신해서 배를 살펴보고 있었다.

"노인은 좀 어떠시냐?" 어느 어부가 큰 소리로 물었다.

"주무시고 계세요." 소년이 큰 소리로 대답했다. 소년은 어부들한테 우는 모습을 보이더라도 전혀 개의치 않았다. "그 분을 깨우지 않는 게 좋겠어요."

"코끝에서 꼬리까지 무려 5.5미터나 되는군." 고기의 길이를 재던 어부가 소리를 질렀다.

"그 정도 될 거예요." 소년이 말했다.

소년은 '테라스'로 들어가서 커피 한 잔을 주문했다.

"뜨겁게 해 주세요. 우유랑 설탕도 듬뿍 넣어 주시고요."

"그 밖에 더 필요한 건 없니?"

"네, 없어요. 나중에 할아버지가 뭘 잡수실지 알아볼게요."

"정말 굉장한 고기더구나. 저렇게 큰 놈은 난생처음 보았다니까. 어제 네가 잡은 두 마리도 꽤 좋은 놈이었다만." 주인이 말했다.

"제가 잡은 고기, 그까짓 거야, 뭐." 소년은 이렇게 말하고 또다시 울기 시작했다.

"너도 뭐 좀 마실래?" 주인이 물었다.

"아뇨. 산티아고 할아버지를 귀찮게 하지 말라고 일러 주세요. 전 그만 돌아가 봐야겠어요." 소년이 대답했다.

"내가 마음 아파하더라고 전해 다오."

"고맙습니다." 소년이 대답했다.

소년은 뜨거운 커피가 담긴 깡통을 들고 노인의 오두막집으로 향했다. 그는 노인이 잠을 깰 때까지 곁에 앉아 있었다. 노인은 한 번 깨어날 것 같은 기척을 보였다. 그러나 다시 깊은 잠에 빠졌고, 소년은 길 건너편으로 가서 커피를 따뜻하게 데울 만한 땔감을 빌려 왔다.

마침내 노인이 잠에서 깨어났다.

"일어나지 마세요." 소년이 말했다. "이걸 드세요." 소년은 유리잔에 커피를 조금 따랐다.

노인은 그것을 받아 마셨다.

"그놈들한테 내가 졌어, 마놀린. 놈들한테 내가 완전히 지고 만 거야." 노인이 말했다.

"할아버지는 물고기한테 패배한 게 아니에요. 물고기한테 패배한 게 아니라고요."

"그렇지. 정말 그래. 내가 진 일은 그 뒤에 일어났어."

"페드리코 아저씨가 배와 어구를 손질하고 있어요. 고기 대가리는 어떻게 하실 거예요?"

"페드리코더러 잘라서 고기 잡는 덫으로나 쓰라고 해라."

"그 창날 같은 주둥이는요?"

"갖고 싶거든 네가 가지렴."

"제가 가질게요. 이제 우리는 다른 계획을 세워야 해요." 소년이 말했다.

"사람들이 나를 찾았니?"

"물론이죠. 해안 경비대랑 비행기까지 동원됐어요."

"바다는 엄청나게 넓고 배는 작으니 찾아내기가 여간 어렵지 않았을 테지." 노인이 말했다. 그는 자신과 바다가 아닌, 이렇게 말 상대가 되어 줄 누군가가 있다는 사실이 새삼 반가웠다. "네가 보고 싶었단다. 그런데 넌 뭘 잡았니?" 노인이 물었다.

"첫날에는 한 마리 잡았고요, 이튿날에도 한 마리, 그리고 셋째 날엔 두 마리나 잡았어요."

"아주 잘했구나."

"이젠 할아버지하고 같이 나가서 잡기로 해요."

"그건 안 돼. 내겐 운이 없어. 운이 다했거든."

"그런 소리 하지 마세요. 운은 제가 갖고 가면 되잖아요." 소년이 대꾸했다.

"네 가족이 뭐라고 하지 않을까?"

"상관없어요. 어제도 두 마리나 잡았는걸요. 하지만 전 아직도 배울 게 많으니까, 이제부터는 할아버지와 함께 나갈래요."

"잘 드는 도살용 창을 하나 구해서 고기잡이 나갈 때 늘 배에 갖고 다녀야겠더라. 낡은 포드 자동차의 판용수철로 창날을 만들 수 있을 거야. 과나바코아[46]에 가서 갈아 오면 될 거고. 불에 달구지 않아서 쉽게 부러지겠지만 날카롭기는 할걸. 내 칼은 부러지고 말았어."

"제가 어디서 칼을 하나 구해 올게요. 용수철도 갈아 오고요. 이 브리사가 며칠이나 계속될까요?"

"아마 사흘은 불걸. 어쩌면 그 이상 불지도 모르지."

"제가 뭐든 준비해 놓을게요. 할아버지는 손이나 어서 치료하도록 하세요." 소년이 말했다.

"이걸 낫게 하는 법은 잘 알고 있단다. 한데 말이다, 밤중에 내가 이상한 것을 뱉어 냈는데 가슴속에서 뭔가 찢어지는 것 같은 기분이 들더구나."

"그것도 빨리 치료하시고요. 자, 어서 자리에 누우세요, 할아버지. 깨끗한 셔츠를 가져다 드릴게요. 그리고 뭔가 잡수실 것도요." 소년이 말했다.

"내가 없는 동안에 온 신문이 있거든 좀 가져다주렴." 노인이 말했다.

"얼른 나으셔야 해요. 전 아직 할아버지한테 배울 게 너무 많으니까요. 또 할아버지는 제게 모든 걸 가르쳐 주셔야 해요. 대체 얼마나 고생하신 거예요?"

"많이 했지." 노인이 대답했다.

"그럼 드실 것이랑 신문을 가져올게요." 소년이 말했다. "푹 쉬세요, 할아버지. 약국에서 손에 바를 약도 사 올게요."

46 아바나만 근처에 있는 쿠바의 도시로 유럽인들이 가장 먼저 정착한 곳이다. 오늘날에는 아바나의 일부로 편입되었다.

"페드리코한테 고기 대가리를 주는 걸 잊지 마라."

"네, 잘 기억하고 있을게요."

소년은 문밖으로 나와 발길에 닳고 닳은 산호초 길을 따라 걸어 내려가면서 또 엉엉 울었다.

그날 오후 '테라스'에는 관광객 일행이 찾아왔다. 빈 맥주 깡통과 죽은 꼬치고기 사이로 바다를 내려다보던 한 여자가 문득 저 끄트머리에서 거대한 꼬리가 달린 길고 엄청난 흰 등뼈를 발견했다. 동풍이 항구 밖에서 줄곧 거센 파도를 일으키며 부는 동안 그 등뼈는 수면 위로 모습을 드러낸 채 해류에 휩쓸려 흔들리고 있었다.

"저게 뭐죠?" 여자가 웨이터에게 물으면서 이제 해류를 타고 바다로 밀려 나가기를 기다리는 쓰레기에 지나지 않는 그 엄청나게 큰 물고기의 길쭉한 등뼈를 손으로 가리켰다.

"티부론[47]이죠. 상어랍니다." 웨이터가 대답했다. 그러면서 그는 사건의 경위를 설명하려고 애썼다.

"상어가 저토록 잘생기고 멋진 꼬리를 달고 있는지 미처 몰랐어요."

"나도 몰랐는걸." 여자와 동행인 남자가 말했다.

길 위쪽의 오두막집에서 노인은 다시금 잠이 들었다. 그는 얼굴을 파묻고 엎드린 채 여전히 잠에 빠져 있었고, 소년은 그 곁에 앉아서 노인을 지켜보았다. 노인은 사자 꿈을 꾸고 있었다.

47 '상어'를 뜻하는 스페인어.

나의 아버지

지금 와서 돌이켜 보면 아버지는 태어날 때부터 뚱뚱해질 체질, 즉 우리 주위에서 흔히 보는 땅딸막한 뚱보 중 하나가 될 체질이었다는 생각이 든다. 하지만 아버지는 말년에 가서 약간 그랬을 뿐 한 번도 뚱뚱한 적이 없었다. 그런데 그마저도 문제가 되지 않았으니, 아버지는 오직 장애물 경마밖에 하지 않았으므로 체중이 좀 나가더라도 크게 상관없었기 때문이다. 나는 지금도 아버지가 두꺼운 속옷을 두 벌이나 껴입고, 그 위에 고무 재질의 셔츠를 입고, 또 그 위에 땀복을 입은 뒤, 오전의 뜨거운 햇볕 속으로 나를 끌고 나가서 같이 달음박질하던 일이 기억난다. 아마 아버지는 새벽 4시에 토리노에서 방금 돌아오자마자 곧바로 마차를 타고 마구간으로 달려가서, 아침 일찍 라초 종(種)의 삐쩍 마른 말 한 마리를 시험 삼아 타 보았을 것이다. 그런 다음 모든 것이 아직 이슬에 젖어 있고 해가 막 얼굴을 내밀 무렵에 나는 아버지가 승마화 벗는 것을 도와 드리곤 했다. 그러면 아버지는 밑창이 부드러운 신발을 신고 아까 말한 옷들을 모조리 껴입은 뒤 나를 데리고 운동하러 나가곤 했다.

"자, 어서 가자, 얘야." 아버지는 기수 탈의실 앞을 발끝으로 오가면서 말하곤 했다. "어서 움직여야지."

그런 뒤 우리는 우선 경마장의 내야(內野)를 한 바퀴 천천히 돌았다. 대개는 아버지가 멋지게 앞서서 달렸고 그 뒤로 문을 나와 산시로[48] 쪽에서부터 이어진, 양쪽에 가로수가 있는 길을 따라 달려가곤 했다. 도로에 들어서면 내가 아버지 앞에서 멋지게 달렸다. 그러다 뒤를 돌아보면 아버지는 내 바로 뒤에서 느긋하게 달렸고, 얼마 뒤 다시 뒤를 돌아보면 땀을 줄줄 흘리고 있었다. 땀을 흠뻑 흘리면서도 아버지는 내 등 뒤를 지켜보면서 열심히 따라왔다. 하지만 아버지는 내가 자기를 돌아다보는 모습을 보고는 히죽 웃으며 "땀이 많이 나지?"라고 묻곤 했다. 아버지가 히죽 웃을 때면 누구도 따라 웃지 않을 수가 없었다. 내가 그대로 계속 산을 향해 달려가면 아버지는 "어이, 조!" 하고 외쳤고, 내가 뒤를 돌아보면 아버지는 허리에 둘렀던 수건을 목덜미에 감고 나무 밑에 앉아 있었다.

내가 되돌아가서 아버지 옆에 앉으면 아버지는 주머니에서 밧줄을 꺼내 햇볕 속에서, 얼굴에 땀을 줄줄 흘려 가며 줄넘기를 했다. 탁탁탁, 탁탁탁 소리를 내고 흰 먼지를 일으키면서 연신 줄넘기를 하다 보면 어느덧 해는 점점 더 뜨거워졌다. 그럼에도 아버지는 더욱 열심히 줄넘기를 하면서 길 한쪽을 오갔다. 아, 어쨌든 아버지가 줄넘기하는 모습을 바라보는 것도 무척 재미있었다. 아버지는 바람 소리가 날 만큼 밧줄을 빨리 돌릴 수 있었고, 철썩거리며 천천히 돌릴 수도 있었다. 또

48 이탈리아 밀라노에 있는 유명한 스타디움.

재주를 부리면서 줄을 돌릴 수도 있었다. 아, 어쨌든 희고 큰 황소에게 짐마차를 매달고 마을로 들어가던 이탈리아 사람들이 우리들 곁을 지나가다가 그 광경을 바라보던 모습을 봤어야 한다. 그들은 사실 이 노인이 미치광이가 아닌지 의심하는 듯한 표정을 짓고 있었다. 그리고 아버지가 밧줄을 빙빙 돌리기 시작하면 걸음을 딱 멈추고 서서 그 모습을 지켜보곤 했다. 그러다가 황소에게 뭐라고 소리치거나 막대기로 탁 때리더니 가던 길을 다시 갔다.

아버지가 뜨거운 햇볕을 받으며 열심히 땀 빼는 모습을 앉아서 바라보노라면 나는 정말 아버지를 더욱 좋아할 수밖에 없었다. 아버지는 진짜로 신바람이 나서 열심히 운동했다. 그리고 마지막은 으레 무섭도록 빨리 줄을 빙빙 돌리며 마무리했다. 그러면 얼굴에 물을 끼얹은 듯 땀을 줄줄 흘리다가 마침내 밧줄을 나무에 던져 놓고, 내 옆에 앉아서 수건과 스웨터를 목에 감은 채 나무에 기댔다.

"체중이 늘지 않게 하려니 정말 끔찍하구나, 조." 아버지는 이렇게 말한 다음에 뒤쪽으로 몸을 기대면서 눈을 감고 길고도 깊게 숨을 들이마셨다. "젊었을 때하곤 달라." 그런 뒤 아버지는 몸이 서늘해지기 전에 일어나서 마구간으로 되돌아갔다. 이런 식으로 아버지는 몸무게를 줄였다. 아버지는 늘 걱정했다. 대부분의 기수들은 말을 타기만 하면 얼마든지 몸무게를 줄일 수 있었다. 말을 탈 때마다 대개 일 킬로그램 정도 몸무게가 줄어드니 말이다. 하지만 아버지는, 말하자면 수분만 빠지는 터라 이렇게 운동을 하지 않으면 좀처럼 몸무게를 줄일 수 없었다.

언젠가 한번은 이런 일도 있었다. 산시로에서 부조니의

말을 타던 레골리라는 조그마한 이탈리아인이 있었는데, 그는 몸무게를 달아 본 뒤 채찍으로 장화를 철썩 갈기면서 무슨 차가운 음료를 마시려고 말이 집결한 잔디밭을 가로질러 나타났다. 이때 아버지도 막 몸무게를 잰 다음 안장을 겨드랑이에 끼고 상기한 얼굴로 지친 표정을 지으며 몸에 맞지 않게 작아 보이는 실크 제복을 차려입고 등장했다. 아버지는 젊은 레골리가 야외에 자리한 음료수 가게로 성큼성큼 걸어가는 모습을 냉정하고도 어린애 같은 얼굴로 바라보며 서 있었다. 그래서 나는 레골리가 아버지를 때렸든지 무슨 짓을 했으려니 생각하고 "아버지, 왜 그러세요?" 하고 물어보았다. 하지만 아버지는 여전히 레골리를 노려보며 "오, 제기랄!"이라는 한마디만을 내뱉은 뒤 탈의실로 가 버렸다.

어쨌든 만약 우리가 밀라노에 머물면서 밀라노나 토리노에서 말을 탔더라면 만사가 잘 풀렸을지도 모른다. 이 세상에서 경마하기 쉬운 코스는 그 두 곳밖에 없으니 말이다. 이탈리아인들이 대단한 장애물 경주라고 생각하던 경기를 마치고, 우승한 말을 두는 외양간에서 말을 내리며 아버지는 말했다. "피아놀라,[49] 조." 언젠가 나는 아버지에게 물어본 적이 있었다. 그러자 아버지는 이렇게 대답했다. "이런 경마장에선 큰 힘을 안 들여도 저절로 달릴 수 있지. 장애물 넘기가 위험한 건 달리는 속도 때문이야, 조. 여기서는 속도를 내지 않아도 되고, 장애물도 그렇게 어렵지 않거든. 그러니 사고가 나는 건 언제나 속도 때문이지 장애물 탓이 아냐."

산시로는 내가 본 중에서 제일 좋은 경마장이었지만 아버

49 "아주 쉬운 일이지."라는 뜻의 이탈리아어.

지는 그곳 생활이 아주 말할 수 없이 고달프다고 했다. 하루 걸러 한 번씩 기차를 타고 미라피오레[50]와 산시로를 오가면서 거의 일주일 내내 말을 타야 했기 때문이다.

나도 말이라면 정신을 놓을 만큼 좋아했다. 장내에 등장한 말이 출발점을 향해 트랙을 따라 달려갈 때의 기분은 뭐라고 표현할 수 없을 정도였다. 춤추는 듯 경쾌하면서도 긴장한 모습으로 기수는 말을 완전히 장악한 채 고삐를 조금씩 늦추며 차차 앞쪽으로 나아가곤 했다. 그러고 나서 말이 장애물에 이르면 나는 그만 미칠 것 같았다. 특히 머나먼 산들에 둘러싸인 넓고 푸른 경기장이 펼쳐져 있고, 큼직한 채찍을 든 뚱뚱한 이탈리아인이 출발 신호를 알리던 산시로에서의 경주는 참으로 굉장했다. 기수들이 말을 이리저리 돌리면 장애물이 불쑥 올라오고, 벨이 울리면 말들이 한 덩어리가 되어 뛰어나가고, 이내 한 줄로 서서 내달리기 시작한다. 여러분도 아마 삐쩍 마른 말들이 한 덩어리가 되어 뛰어나가는 모습을 상상할 수 있으리라. 만일 쌍안경을 가지고 스탠드에 서 있다면 제일 먼저 말들이 일제히 뛰어나가는 광경이 눈에 띌 것이다. 그다음에는 벨 소리가 들릴 텐데, 마치 천 년 동안 울리는 듯 들릴 터다. 조금 더 있으면 말들이 모퉁이를 돌아서 질주해 오는 모습을 보게 되리라. 내가 생각할 때 이보다 대단한 광경은 이 세상에 없었다.

그런데 아버지는 어느 날 탈의실에서 평상복으로 갈아입으면서 이렇게 말했다. "이런 건 진짜 말들이 아니란다, 조. 파리에서라면 죽여서 가죽이나 말발굽을 얻을 만한 말들이지."

50 이탈리아 토리노 근교에 위치한 소도시.

아버지가 란토르나를 타고 마지막 수백 미터를, 마치 포도주 병에서 코르크를 빼내듯 말을 높이 솟아오르게 하여, 콤메르치오상(賞)이 걸린 경기에서 우승하던 그날의 일이었다.

아버지가 경마에서 손을 떼고 우리가 이탈리아를 떠난 것은 콤메르치오상을 받은 직후였다. 아버지는 홀브룩과 밀짚모자를 쓰고 늘 손수건으로 얼굴을 가리고 다니는 뚱뚱한 이탈리아인과 함께 갈레리아[51]의 한 테이블에 앉아서 말다툼을 벌였다. 프랑스어로 지껄이던 세 사람 중 두 사람이 무엇 때문인지 몰라도 아버지를 몰아세우기 시작했다. 아버지는 한마디도 않고 가만히 앉아서 홀브룩을 쳐다보고만 있었는데, 두 사람은 계속 번갈아 가며 아버지를 힐난했다. 게다가 뚱뚱한 이탈리아인은 홀브룩이 말하는 도중에도 연신 말참견을 했다.

"밖에 나가서 《스포츠맨》 좀 사 가지고 오너라, 조." 아버지는 홀브룩을 주시한 채 이렇게 말하면서 내게 솔디[52] 몇 닢을 건네주었다.

그래서 나는 갈레리아를 나와 스칼라 극장[53] 앞까지 걸어가서 신문을 사 가지고 돌아왔다. 그리고 그들을 방해하지 않으려고 좀 떨어진 자리에 서 있었는데, 아버지는 의자 깊숙이 앉아 커피 잔을 내려다보며 스푼으로 커피를 휘저을 따름이었다. 한편 홀브룩과 뚱뚱한 이탈리아인은 그 곁에 서 있었고, 특히 뚱뚱보는 계속 얼굴을 닦으며 고개를 흔들어 댔다. 그리고 내가 가까이 다가가자 아버지는 마치 그 두 사람이 그 자리

51 유리 지붕을 덮은 상점가.

52 이탈리아의 과거 화폐 단위로, 1솔디는 20분의 1리라이다.

53 이탈리아 밀라노에 있는 유명한 오페라 극장.

에 없는 듯 "아이스크림 먹겠니, 조?" 하고 물었다. 그러자 홀브룩이 아버지를 내려다보며 조심스럽게 "이 개자식!"이라고 천천히 내뱉더니 뚱뚱한 이탈리아인과 함께 테이블 사이를 빠져나갔다.

아버지는 그곳에 그대로 앉은 채 내게 히죽 웃어 보였지만 얼굴이 백지장처럼 하얗게 질리고 기분은 몹시 거북해 보였다. 나는 겁이 나고 속이 메스꺼웠다. 무슨 일이 일어났음을 눈치챈 데다, 우리 아버지를 개자식이라 부르고도 무사히 자리를 빠져나갈 수 있다는 게 도무지 이해되지 않았기 때문이다. 아버지는 《스포츠맨》을 펼치고 잠시 동안 불리한 조건이 붙은 경마 기사를 상세히 읽다가 "너도 이 세상에서 온갖 일을 겪어야 할 거야, 조."라고 말했다. 이런 일이 있은 지 사흘 뒤 우리는 트렁크 한 개와 여행용 가방 하나에 집어넣을 수 없는 모든 물건을 터너의 마구간 앞에서 경매에 붙였다. 그러고는 토리노 기차를 타고 밀라노를 영원히 뒤로한 채 파리로 향했다.

우리는 아침 일찍 파리에 다다랐고, 아버지가 리옹역이라고 가르쳐 준 길고 지저분한 건물에 도착했다. 밀라노에서 온 사람이 보기에 파리는 엄청나게 큰 도시였다. 밀라노에서도 물론 누구나 다 어딘가로 발걸음을 옮기고, 또 모든 전차가 어딘가를 향해 달려가지만 조금도 혼란스럽지 않았다. 하지만 파리는 하나같이 혼란스러웠고, 사람들은 그 혼란을 대수롭지 않게 여기는 것 같았다. 머지않아 나는 파리를, 어쨌든 적어도 그 일부분을 좋아하게 되었다. 파리에는 세계에서 가장 훌륭한 경마장이 있지 않은가. 그런 경마장이 있다는 사실만으로도 파리는 끊임없이 생동하고 있는 듯 보였으며, 또 이곳에서 유일하게 기대할 수 있는 것이란 어디에서 경마가 벌어지건 반드시 그 경마장까지 직행하는 버스가 날마다 있다는 사실이었다. 솔직히 나는 거의 메종[54]에 머물다가 일주일에 한두 번만 아버지를 따라서 파리에 나왔기 때문에 파리에 대해 자세히 알 기회가 전혀 없었다. 게다가 아버지는 항상 메종에서 온 다른 기수들과 함께 오페라 쪽 거리에 자리한 카페 드 라 페에 앉아 있었다. 그러므로 나는 이 거리가 이 도시에서 가장 번화한 곳이 아닐까, 짐작했다. 그런데 파리 같은 대도시에 갈레리아가 하나도 없다는 점은 아무리 생각해도 우스운 일이었다.

어쨌든 아버지는 메종라피트의 마이어스 부인이 경영하는 하숙집에 머물게 되었는데, 샹티이[55]에 사는 기수들을 제외하면 거의 모든 기수들이 이곳에서 살고 있었다. 메종은 내가 지금까지 보았던 곳 중에서 가장 멋졌다. 마을은 그리 크지 않았지만 호수와 훌륭한 숲이 있었으므로 내 또래의 아이들은 늘 그곳에 나가서 하루 종일 빈둥거리며 놀곤 했다. 아버지는 내게 고무총을 만들어 주었고, 그 총으로 우리는 새를 적잖이 잡았는데 그중에서도 가장 괜찮은 새는 까치였다. 어느 날 딕 앳킨슨이라는 아이가 새총으로 토끼 한 마리를 잡았다. 우리는 그 토끼를 나무 밑에 두고 빙 둘러앉아서 딕이 가져온 담배 몇 개비를 피우고 있었다. 그런데 갑자기 토끼가 뛰어오르더니 숲속으로 달아나 버리고 말았다. 우리는 곧 토끼를 뒤쫓았지만 끝내 찾을 수 없었다. 아, 정말이지 우리는 메종에서

54 프랑스 파리 근교 생제르맹 숲속에 자리한 경마장 주변의 마을.

55 프랑스 파리 북쪽에 위치한 마을.

참으로 재미있는 시간을 보냈다. 마이어스 부인이 아침마다 늘 도시락을 싸 주었기 때문에 나는 하루 종일 바깥에 나가 있었다. 얼마 지나지 않아서 나는 프랑스어로 얘기할 수 있게 되었다. 프랑스어는 쉬웠다.

우리가 메종으로 옮긴 직후, 아버지는 밀라노에 편지를 보내서 자격증을 보내 달라고 부탁했고, 그것이 올 때까지 꽤나 걱정하며 지냈다. 아버지는 메종에 있는 카페 드 파리에서 친구들과 함께 앉아 있곤 했다. 아버지는 전쟁[56] 전에 파리에서 경마를 했고 메종에 살았으므로 아는 사람이 많았다. 또 마구간에서 기수들이 하는 일도 아침 9시면 거의 끝났기 때문에 빈둥거릴 시간이 많았다. 그들은 아침 5시 30분에 첫 번째 팀의 말을 끌어내서 달리게 하고, 8시에 두 번째 팀의 말을 달리게 한다. 말하자면 다들 일찍 자고 일찍 일어나는 것이다. 그런데 다른 사람의 말을 타는 기수라면 줄곧 술을 마시며 소일할 수는 없었다. 그 기수가 젊은 사람이라면 조마사가 늘 그를 주시할 테고, 또 젊은 사람이 아니더라도 항상 스스로에게 주의를 기울여야 하기 때문이다. 그러므로 기수는 일하지 않을 때엔 대부분 친구들과 함께 카페에 앉아서 베르무트[57]나 셀처[58] 같은 음료를 앞에 놓고 두서너 시간씩 앉아 있을 수 있었으며, 여러 가지 이야기를 주고받는가 하면 당구를 치기도 했다. 이를테면 일종의 클럽이나 갈레리아 같은 곳이었다. 갈레리아와 차이가 있다면, 카페에는 사람들이 늘 들락날락하는

56 1차 세계 대전을 가리킨다.

57 포도주에 여러 약초와 향료를 섞어 제조한 술. 커피에 넣어 마시곤 한다.

58 독일산 탄산수. 하드 셀체엔 알코올이 들어간다.

데다 누구든지 테이블에 가서 앉을 수 있다는 점 정도였다.

어쨌든 아버지는 마침내 무사히 자격증을 손에 넣을 수 있었다. 그들이 별말 없이 아버지에게 그것을 보내 주었으므로 북부 지방에 있는 아미앵[59]인지 뭔지 하는 곳에서 두서너 번 말을 탈 수 있었다. 하지만 아버지가 장기 계약을 한 것 같지는 않았다. 모두들 아버지를 좋아했으며, 내가 점심 전에 카페에 들어가면 아버지는 언제나 누군가와 술을 마시고 있었다. 1904년 세인트루이스[60]에서 열린 세계 박람회의 경마에서 처음으로 돈을 번 기수들이 대부분 그렇듯, 아버지 역시 인색하게 굴지 않았던 것이다. 이건 아버지가 조지 번스를 놀릴 때마다 하던 말이다. 그러나 다들 아버지에게 말을 탈 기회는 주려고 하지 않는 것 같았다.

우리는 어디서 경마가 벌어지건 날마다 메종에서 차를 타고 나갔는데 그건 세상에서 가장 즐거운 일이었다. 여름 무렵, 말들이 도빌[61]에서 돌아왔을 때에는 나도 꽤나 반가웠다. 그때부터 아버지와 함께 앙갱[62]이니, 트랑블레[63]니, 생클루[64]니 하는 곳에 가서 조마사와 기수 들의 자리에 앉아 경마를 구경해야 했으므로 더는 숲속에서 빈둥거릴 수 없었다. 그리고 이런 사람들과 같이 구경하러 다니는 동안 나는 경마에 대해 제법 많은 것을 알게 되었으며, 날이 갈수록 경마에도 흥미가

59 프랑스 파리 북쪽에 위치한 솜주의 유서 깊은 도시.

60 미국 미주리주에 있는 도시.

61 프랑스 북서부의 휴양 도시.

62 앙갱레뱅. 프랑스 파리 북쪽 교외에 자리한 마을.

63 트랑블레 공원. 파리의 일부인 샹피니쉬르마른에 위치한 공원.

64 프랑스 파리 서쪽 교외에 있는 마을.

붙었다.

언젠가 한번은 생클루에 간 적이 있다. 말 일곱 마리가 출전하는 20만 프랑의 큰 경주로, 자르라는 말이 가장 인기가 좋았다. 나는 아버지와 함께 그 말을 보러 갔는데 이제껏 그런 말은 한 번도 본 적이 없었다. 아주 커다란 황색 말 자르는 달리는 것 말고는 아무것도 모르는 듯 보였다. 정말 그런 말을 본 것은 그때가 처음이었다. 자르는 고개를 아래로 숙이고 사람 손에 붙들려 마구간 앞 잔디밭을 지나가고 있었는데, 내 옆을 지나칠 때 그 모습이 너무나도 아름다워서 나는 그만 얼빠진 사람처럼 넋을 잃고 물끄러미 바라보았다. 그 말처럼 훌륭하고 후리후리하고 재빨리 달릴 것 같은 체격을 지닌 말은 일찍이 본 적이 없었다. 게다가 자르는 너무나 멋지고도 조용히, 그리고 신중하게 발을 내딛더니 마치 자신이 해야 할 일을 잘 안다는 듯이 움직이며 유유히 잔디밭을 둘러 갔다. 그리고 출발하기 전에 흥분제 주사를 한 방 맞아야 하는 그런 엉터리 말들처럼 머리를 갑자기 잡아당긴다든지, 두 발로 일어선다든지, 사나운 눈초리로 노려보는 법도 없었다. 많은 사람들로 인해 대단히 혼잡했던 터라, 나는 다시 자르를 볼 수 없었다. 눈에 보이는 것이라곤 앞을 지나가는 다리와 노란 몸뚱이의 일부분뿐이었다. 마침 아버지가 사람들 틈을 헤치고 나아가기 시작했으므로 나 역시 그 뒤를 따라 뒤쪽 숲에 자리한 기수 탈의실로 갔다. 그곳도 사람들로 인산인해를 이루었지만 중산모를 쓰고 문을 지키던 사나이가 아버지에게 고개를 끄덕이자 우리는 그 안으로 입장할 수 있었다. 탈의실에 들어가니 모두들 빙 둘러앉아 옷을 갈아입기도 하고, 머리에 걸린 스웨터를 잡아당기거나 양말을 신기도 했다. 후텁지근한 땀 냄새와 몸에 바르는 연고 냄새가 온통 자욱해서 아주 코를 찔렀다. 그리고 바깥에 몰려든 군중이 안쪽을 들여다보려고 야단이었다.

아버지는 안쪽으로 들어가더니 바지를 입고 있던 조지 가드너 옆에 앉아서 평소와 같은 어조로 물었다. "오늘 예상은 어떤가, 조지?" 조지는 말하고 싶으면 하고, 그렇지 않으면 침묵했기 때문에 아버지가 눈치로 짐작하려 해도 소용이 없었던 것이다.

"그놈은 우승 못 해." 조지는 몸을 굽히고 바지의 단추를 채우면서 아주 나지막하게 대답했다.

"그럼 어느 놈이 이길 것 같은가?" 아버지가 아무에게도 들리지 않도록 그에게 몸을 바짝 가져다 대며 물었다.

"커큐빈이야. 그놈이 우승하거든 내 몫으로 마권 두 장 남겨 주게." 조지가 말했다.

아버지가 보통 때의 목소리로 조지에게 뭐라고 말하자 조지는 "아무 말에나 걸면 절대 안 돼." 하고 놀리듯이 말했다. 그런 다음 우리는 그곳을 빠져나와서 탈의실 안을 들여다보는 사람들을 헤치고 100프랑짜리 마권을 사러 판매소로 향했다. 하지만 나는 조지가 바로 그 자르의 기수였기 때문에 뭔가 대단한 일이 일어나리라고 생각했다. 그 와중에 아버지는 최초 가격이 적힌 노란색 배당표 한 장을 손에 넣었다. 자르는 10프랑에 대해 배당률이 겨우 5프랑밖에 되지 않았고, 그다음으로는 세피시도트가 1프랑에 대해 배당률이 3프랑이었다. 커큐빈의 순위는 다섯 번째였으므로 1프랑에 대해 배당률이 8프랑이었다. 아버지는 커큐빈의 단식 경기에 5000프랑을 걸고 복식 경기에 1000프랑을 걸었다. 그러고 나서 우리는 특별 관람석 뒤를 돌아 계단을 올라간 다음, 경기를 관람하기 위해 자리를 잡았다.

관람석은 사람들로 꽉 차 있었다. 맨 처음 회색 실크해트를 쓰고, 긴 웃옷을 입은 사나이가 검은 채찍을 손에 들고 나타났다. 그 뒤를 이어 기수를 태우고 말 양쪽으로 굴레를 잡은 마부들을 거느린 경주마들이 차례로 나타났다. 그리고 그 당당한 황색 말 자르가 맨 앞에 섰다. 처음 보았을 때는 그렇게 커 보이지 않았는데, 다리 길이와 전체 몸집과 걸음걸이를 보니 확연히 달랐다. 나는 정말 그렇게 훌륭한 말을 일찍이 본 적이 없었다. 조지 가드너가 말 위에 올라타자 그 둘은, 회색 실크해트를 쓰고 마치 서커스의 연기 감독처럼 걸어 다니는 늙은이 뒤에서 의젓하게 움직였다.

햇살을 받아 노랗게 번쩍이면서 점잖게 움직이는 자르 뒤에는 토미 아치볼드가 올라탄 검은 말이 있었다. 머리가 잘생긴 멋진 말이었다. 그리고 그 검은 말의 뒤를 따라 말 다섯 마리가 일렬로 천천히 움직이며 특별 관람석과 중량 계측장 앞을 지나갔다. 아버지는 그 검은 말이 바로 커큐빈이라 말했으므로 나는 그 말을 자세히 살펴보았다. 틀림없이 잘생기기는 했지만 도저히 자르에는 비길 수 없었다.

자르가 앞쪽을 지날 때 모든 관중이 환호성을 질렀다. 대단히 훌륭한 말임을 결코 부정할 수 없었다. 말의 행렬은 저쪽 끝 잔디밭까지 한 바퀴 빙 돌고서 경마 코스의 이쪽 끝까지 되돌아왔다. 서커스의 연기 감독은 말들이 출발점을 향해 나아가면서 관람석 앞을 지날 때 모든 사람이 잘 들여다볼 수 있도록 마부들에게 차례차례 고삐를 놓게 했다. 말들이 출발점에 들어서자 바로 징 소리가 들려왔다. 그러자 내야의 저쪽에서 마치 작은 장난감처럼 말들이 한 덩어리가 되어 일제히 뛰어나가는 모습이 보였다. 쌍안경으로 보니 자르는 밤색 말 한 마리와 나란히 보조를 맞추며 뒤에서 달리고 있었다. 말들은 말굽을 울리면서 신나게 돌진했다. 우리들 앞을 지나갈 때 자르는 꽤 뒤쪽에서 따로 달리고 있었고, 커큐빈은 선두에 서서 순조롭게 달리고 있었다. 아, 말들이 눈앞을 지나갈 때는 정말 겁이 났다. 어느새 말들은 차츰 멀리 사라져 가며 점점 작아지더니 다시 커브에 이르자 한 덩어리가 되었다. 이어서 커브를 돌아 직선 코스를 향해 달릴 때는 "빌어먹을!"이라고 외치며 욕지거리를 하고 싶었다. 드디어 말들이 마지막 커브를 돌며 직선 코스에 들어올 때는 커큐빈이 훨씬 선두에서 달리고 있었다. 모두들 이상야릇한 표정으로 조금 슬픈 듯이 "자르!"라고 외쳤다. 말들은 말굽 소리를 요란하게 울리며 직선 코스에서 목표를 향해 다가가고 있었다. 그때 말 머리 모양의 황색 줄무늬가 섬광처럼 무리 속에서 뛰어나오는 모습이 내 쌍안경에 들어왔다. 사람들은 모두 정신이라도 나간 듯 "자르, 자르!"라고 큰 소리로 외치기 시작했다. 자르는 내가 여태껏 봐온 그 어떤 말보다 더 빨리 달려와서는 커큐빈을 바짝 뒤따르고 있었다. 커큐빈 역시 기수한테 마구 채찍질당하면서 어떤 검은 말에게도 지지 않을 만큼 무서운 속력으로 목표를 향해 돌진했다. 결국 두 마리는 일순간 우열을 가릴 수 없을 정도로 머리를 나란히 했는데, 이때 자르 쪽이 크게 도약하면서 머리를 쑥 내밀더니 두 배쯤 더 빨리 달리는 것 같았다. 급기야 두 마리는 머리를 나란히 한 채 결승 지점을 통과했지만 결국 등수 게시판에는 '2'라는 숫자가 먼저 올라갔다. 커큐빈이 우승했다는 뜻이었다.

나는 온몸이 사시나무처럼 벌벌 떨리면서 야릇한 기분에

사로잡혔다. 얼마 뒤 우리는 사람들 틈에 낀 채 서로 밀고 밀치면서 커큐빈에게 걸었던 마권에 얼마가 배당되었는지 확인하려고 게시판이 있는 아래층으로 내려갔다. 정말 거짓말이 아니라, 경주를 보는 동안 나는 아버지가 커큐빈한테 돈을 얼마나 걸었는지 까맣게 잊고 있었다. 그만큼 자르 쪽이 이기기를 간절히 바랐던 것이다. 하지만 이제 모든 것이 끝났으니 나는 우리가 돈을 건 말이 이겼음을 알고 무척 기뻐했다.

"굉장한 시합이었죠, 아버지?" 내가 아버지에게 물었다.

아버지는 머리 뒤쪽으로 실크해트를 삐딱하게 쓰고 좀 묘한 표정을 지으며 나를 쳐다보았다. "정말 조지 가드너는 훌륭한 기수야. 정말로 훌륭한 기수가 아니고선 저 자르의 우승을 막을 수 없거든." 그가 말했다.

물론 나도 그 점이 이상하다는 사실을 처음부터 알고 있었다. 하지만 아버지가 자르의 패배를 그처럼 까놓고 말했기 때문에 지금까지 내가 느낀 기쁨은 모조리 날아가 버리고 말았다. 게시판에 숫자가 붙고, 배당금의 지불을 알리는 벨 소리가 울리고, 심지어 커큐빈에게 10프랑에 대해 67.50프랑의 비율로 지급한다는 사실을 알았을 때조차 나는 전혀 기쁘지 않았다. 사람들은 모두 여기저기서 "불쌍한 자르! 가련한 자르!"라고 탄식하고 있었다. 그래서 나는 그따위 개자식 대신에 내가 직접 기수가 되어 자르를 탔더라면 좋았으리라고 생각했다. 그런데 조지 가드너를 개자식이라고 생각하다니 참으로 우스운 일이었다. 나는 언제나 그를 좋아했었고, 더구나 그는 우리에게 승리를 안겨 주었기 때문이다. 그러나 모르긴 몰라도 그 사람은 개자식이 틀림없으리라는 생각이 들었다.

아버지는 그 경기가 있은 뒤 엄청난 돈을 손에 넣은지라

더욱 자주 파리 시내로 나가는 버릇이 생겼다. 트랑블레에서 경마가 있을 때는 메종으로 돌아가다가 파리에서 내렸고, 아버지와 나는 카페 드 라 페 앞에 앉아서 지나가는 사람들을 바라보곤 했다. 그곳에 앉아 있으면 재미있었다. 늘 사람들이 떼를 지어 그 앞을 지나갔고, 여러 사람들이 다가와서 이것저것을 팔려고 야단법석이었다. 그래서 나는 아버지와 함께 그곳에 앉아 있기를 좋아했다. 가장 유쾌한 시간을 보낸 때도 바로 그 무렵이었다. 장사꾼들은 고무공을 누르면 뛰어오르는 이상한 토끼 장난감을 팔러 왔고, 그들이 우리 있는 데로 다가오면 아버지는 그 사람들에게 농담을 걸곤 했다. 아버지는 프랑스어를 영어처럼 자유자재로 구사했고, 또 그 사람들은 첫눈에 기수임을 알아보았기 때문에 모두 아버지를 잘 알았다. 게다가 우리는 밤낮 똑같은 테이블에 앉아 있었고, 그들은 우리가 그곳에 앉아 있는 모습을 자주 보았던 것이다. 결혼 증명서를 파는 장사꾼이 있는가 하면, 달걀을 누르면 수탉이 튀어나오는 고무 달걀을 파는 아가씨들도 있었다. 또 파리의 그림엽서를 들고 다니며 지나가는 사람마다 보여 주는 지렁이같이 생긴 노인도 있었다. 물론 아무도 그런 그림엽서 따윈 사려고 하지 않았다. 그러자 노인은 다시 돌아와서 한 그림엽서의 뒷면을 보여 주었다. 그것은 추잡한 도색 그림엽서였는데, 많은 사람들이 그것을 사려고 너도나도 달려들었다.

사실 나는 우리 앞을 지나갔던 우스운 사람들을 지금도 기억하고 있다. 저녁때가 되면 식당에 데려갈 상대를 물색하며 돌아다니는 아가씨들이 있었는데, 그녀들은 아버지에게 말을 건네곤 했다. 그러나 아버지가 프랑스어로 그 여자들을 놀리면 그들은 내 머리를 쓰다듬으며 그냥 지나갔다. 한번은 우리 테이블 옆에 미국인 부인이 딸과 함께 앉아서 아이스크림을 먹고 있었다. 나는 소녀를 줄곧 지켜보았다. 소녀는 얼굴이 매우 예뻤고, 내가 웃음을 던지면 내게도 웃음을 보였는데 그게 다였다. 나는 날마다 그 모녀를 찾았다. 그녀에게 말을 걸어 볼 방법을 궁리해 보기도 하고, 또 만약 그녀를 알게 되면 그녀의 어머니가 과연 나더러 그녀를 오퇴유[65]나 트랑블레에 데려가도록 허락해 줄까 생각했다. 하지만 결국 나는 그 모녀를 두 번 다시 보지 못했다. 지금 돌이켜 보면, 어쨌든 그 소녀와 만났더라도 뾰족한 수는 없었으리라는 생각이 든다. 그때 내가 그녀에게 말을 붙이기 위해 궁리해 낸 가장 좋은 방법이란 기껏해야 "있잖아, 오늘 앙갱의 경마에서 어느 말이 우승할지 가르쳐 주고 싶은데 같이 가지 않을래?" 같은 말이었으니 말이다. 결국 소녀는 나를 정말로 우승할 말을 가르쳐 주려 하는 신사라기보다 되레 호객이나 하는 망나니 정도로 여겼을 것이다.

아버지와 나는 늘 카페 드 라 페에 앉아 있었고, 우리는 웨이터들한테 무척 인기가 있었다. 아버지는 늘 위스키를 마셨는데, 한 잔에 5프랑짜리라 술값을 받을 때면 팁이 제법 짭잘했기 때문이다. 아버지는 그 어느 때보다 술을 많이 마셨다. 그때는 말을 타지 않았던 데다 위스키를 마시면 몸무게가 늘지 않는다고 말했다. 하지만 내가 보기에 아버지는 계속 살이 찌고 있었다. 아버지는 메종의 옛 친구들을 멀리했으며 나와 둘이서 가로수가 있는 넓은 길 아무 데나 앉아 있기를 좋아하는 것 같았다. 하지만 날마다 경마에 돈을 갖다 버리다시피 했

65 프랑스 파리의 불로뉴 숲 근처에 위치한 고급 주택가.

고, 경마에 지는 날이면 조금 우울해했다. 그러나 늘 앉던 테이블에서 위스키를 한 잔 마시고 나면 아버지는 다시 유쾌해졌다.

아버지는《파리 스포츠》를 읽다가 내게로 눈길을 돌리더니 "그 애는 어디 갔니, 조?"라고 물으면서 나를 놀렸다. 그 까닭은 그날 내가 아버지에게 옆 테이블에 앉아 있던 소녀에 대해 얘기했기 때문이다. 나는 얼굴을 붉혔지만 소녀의 일로 놀림받는 것이 조금도 싫지 않았다. 오히려 즐거웠다. "눈을 크게 뜨고 잘 찾아봐, 조. 그 애는 돌아올 거니까." 아버지는 이렇게 말했다.

아버지는 내게 여러 가지 질문을 던졌고 내가 뭐라고 대답하면 웃음을 터뜨렸다. 그러고 나서 아버지는 이집트에서 말을 타던 일이며, 어머니가 세상을 떠나기 전에 생모리츠[66]의 얼음판 위에서 말을 타던 추억, 전쟁 동안 프랑스 남부에서 상금도, 내기도, 관중도 없이 다만 우수한 종마를 키우기 위해 정식 경마를 하던 이야기 등을 들려주었다. 기수들이 말을 죽어라 달리게 했다던 정식 경마 말이다. 그렇다, 나는 몇 시간이고 아버지의 얘기를 들었다. 아버지가 술을 한두 잔 마셨을 때는 특히 그랬다. 아버지는 켄터키주에서 지낸 어린 시절에 대해, 그리고 곰 사냥을 하러 갔던 일에 대해, 또 모든 일이 엉망이 되기 이전의 옛날 미국에 대해 이야기해 주었다. 그러고는 이렇게 말하는 것이었다. "조, 이번에 상금 좀 타면 넌 미국으로 돌아가서 학교에 다니도록 하자."

"지금 미국은 모든 게 엉망이라는데 왜 미국에서 학교에

66 스위스 남동부에 위치한 휴양지.

다녀야 하나요?" 내가 아버지에게 물었다.

"그건 별개의 문제지." 아버지는 이렇게 말한 뒤 웨이터를 불러서 술값을 지불했다. 그러고는 택시를 타고 생라자르역까지 달렸고, 다시 그곳에서 기차를 타고 메종으로 돌아왔다.

어느 날 오퇴유에서 경주가 끝난 뒤, 아버지는 말을 파는 장애물 경마에서 3만 프랑을 주고 그 말을 사들였다. 그 말을 손에 넣기까지 가격을 두고 다소 다툼이 있었지만, 말을 소유한 회사는 마침내 그 말을 내놓았고 아버지는 일주일 안에 허가증과 깃발을 얻어 냈다. 아, 나도 아버지가 경주마의 주인이 되어서 정말 가슴 뿌듯했다. 아버지는 찰스 드레이크와 교섭한 끝에 마구간을 정하였고, 일부러 파리까지 나가는 수고를 덜 수 있었다. 다시 달음박질을 하고 땀을 빼면서 체중을 조절하기 시작했다. 마구간은 나와 아버지 둘이서 돌보았다. 우리 말의 이름은 길포드였는데, 아일랜드에서 온 녀석으로 장애물을 굉장히 잘 뛰어넘었다. 그래서 아버지는 말을 잘 훈련하여 직접 탄다면 수지맞는 투자가 되리라고 생각했다. 나는 모든 게 자랑스러웠고, 길포드가 자르 못지않게 훌륭한 말이라고 여겼다. 그 밤색 말은 매우 안정감 있게 장애물을 잘 넘었으며, 속력이 붙으면 평지에서도 꽤 빨리 달릴 수 있었다. 게다가 생김새도 멋졌다.

아, 나는 그 말을 무척 좋아했다. 처음으로 길포드가 아버지를 태우고 2500미터 장애물 경주에 나갔을 때 3등으로 들어왔다. 입상석에서 땀투성이가 된 아버지가 몹시 기뻐했다. 그러고는 말에서 내린 뒤 말의 무게를 달기 위해 안쪽으로 들어갔을 때 나는 마치 아버지가 처음으로 경마에서 입상한 듯 자랑스러웠다. 오랫동안 말을 타지 않았던 사람을 보면서 과거에 그가 말을 탄 적이 있으리라고 믿기는 어려웠기 때문이다. 밀라노에서는 아무리 큰 경기가 열려도 아버지한테는 전혀 중요하지 않았으며, 설령 이기더라도 흥분하는 법이 없었다. 하지만 지금은 사정이 달라졌으므로 경기가 있기 전날 밤이면 나는 거의 잠을 이루지 못했고, 아버지 역시 비록 겉으로 내색하진 않아도 자못 흥분해 있었다. 자기 소유의 말을 직접 타는 것과 다른 사람의 말을 타는 것은 하늘과 땅의 차이만큼이나 컸던 것이다.

두 번째로 길포드와 아버지가 출전한 경기는 비 내리는 어느 일요일 오퇴유에서 열린, 마라상(賞)이 걸린 4500미터 장애물 경주였다. 아버지가 출전하자마자 나는 아버지가 사 준 쌍안경을 가지고 관람석으로 뛰어 올라가서 경기를 지켜보았다. 그들은 경마 코스의 반대쪽 끝에서 출발했는데, 장애물이 있는 곳에서 다소 문제가 생긴 것 같았다. 눈가리개를 한 어떤 말이 뒷발로 서서 난리를 피우기 시작했고, 장애물을 넘다가 한 번 실수를 한 모양이었다. 내 눈에는 검은 재킷을 입고, 하얀색 십자 표지가 달린 검은 모자를 쓴 아버지가 길포드 위에 올라앉아 손으로 말을 가볍게 토닥거리는 모습이 보였다. 이윽고 말들이 일제히 뛰어오르더니 숲 뒤로 사라졌고, 징 소리가 필사적으로 마구 울리더니 마권 판매소의 문이 덜컹 닫혀 버렸다. 아, 나는 너무 흥분한 나머지 말을 바라보기가 두려웠다. 하지만 나는 말이 숲 뒤에서 나타날 지점에 쌍안경을 고정했다. 머지않아 말이 나타났는데 검은 재킷을 입은 아버지는 세 번째로 달리고 있었다. 다른 말들도 새처럼 가볍게 장애물을 뛰어넘었다. 곧이어 말들이 다시 사라지더니 이내 말굽 소리를 요란하게 울리면서 언덕을 내려갔다. 그리고 늠름하고 멋지고 경쾌하게 달리며 한 덩어리가 되었고, 울타리를 끼고 돈 뒤에 우리 앞에서 멀어져 갔다. 한 덩어리라는 말 그대로 말들이 나란히 달리고 있었으므로 말의 등 위를 걸어서 건너갈 수 있을 것 같았다. 그러고는 말들이 높은 이중 장벽을 아주 아슬아슬하게, 배가 닿을락 말락 뛰어넘는 바로 그 순간에 무언가가 쓰러졌다. 나는 그게 누구의 말인지 알 수 없었다. 잠시 후 말만이 일어나서 혼자 제멋대로 달려 나왔다. 다른 말들은 여전히 한 덩어리인 채 길게 왼쪽으로 돌면서 직선 코스로 들어오고 있었다. 그런 다음 돌담을 뛰어넘고, 관람석 바로 앞의 큰 물웅덩이를 향해 서로 밀치며 직선 코스를 달려갔다. 나는 달려오는 말을 지켜보면서 아버지가 지나갈 때 환호성을 지르며 응원했다. 아버지는 말의 키만큼 앞지르며 마구 달렸는데, 마치 원숭이처럼 가볍게 말을 몰았다. 말들은 물웅덩이를 향해 앞다퉈 달렸다. 그런데 말들이 물웅덩이 앞의 큰 산울타리를 일제히 뛰어넘는 순간 서로 부딪쳤다. 말 두 마리가 그것을 옆으로 피하며 그대로 달려 나갔고, 다른 세 마리는 그 위에 덮쳐 쓰러지고 말았다. 그런데 아버지의 모습이 어느 곳에서도 보이지 않았다. 그중 한 마리가 일어서자 기수는 고삐를 단단히 틀어잡고 다시 올라타더니 상금을 타고자 채찍질을 해 대며 열심히 달려갔다. 또 한 마리가 일어서더니 머리를 흔들고는 고삐를 달랑거리면서 혼자 달려갔다. 그 말의 기수는 코스 가장자리 울타리에 몸을 기댄 채 비틀거리며 걸어갔다. 그다음에 길포드가 한쪽에서 아버지를 뿌리치고 일어서더니 오른쪽 앞발 하나를 질질 끌며 세 발로 달리기 시작했다. 그런데 아버지는 풀 위에 바로 누운 채 쓰러져 있었다. 머리는 온통 피투성이였다. 나는 관람석 아래로 뛰어 내려가서는 사람들 틈에 끼어들었다. 가까스로 난간 있는 곳까지 걸어 나갔지만 경관이 나를 붙잡고 놓아주지 않았다. 그러는 사이 몸집이 큰 두 사내가 들것을 들고 아버지 있는 곳으로 달려갔고, 코스의 저편에서는 다시 숲에서 나타난 말 세 마리가 저 멀리 한 줄로 늘어서서 장애물을 뛰어넘고 있었다.

사람들이 아버지를 들것에 싣고 왔을 때 아버지는 이미 숨을 거둔 뒤였다. 의사가 귓속에 무엇인가를 쑤셔 넣고 심장의 고동 소리에 귀를 기울이는 동안, 경마 코스에서는 탕 하고 총소리가 들렸다. 길포드를 쏘아 죽이는 소리였다. 그들이 병실에 들여놓은 아버지 옆에 쪼그리고 앉아서 나는 들것에 매달린 채 울고 또 울었다. 아버지의 얼굴은 아주 창백했고, 이미 숨이 끊겨서 완전히 죽은 듯 보였다. 벌써 아버지는 죽었는데 굳이 길포드까지 죽일 필요가 있었을까. 말의 발굽은 회복될지도 모르는데 말이다. 나로서는 알 수 없는 일이다. 다만 나는 아버지를 너무나도 사랑했다.

사내 둘이 들어왔고 그중 한 사람이 내 등을 가볍게 툭툭 쳤다. 그리고 저쪽으로 가서 아버지를 들여다보고는 침대에서 이불을 끄집어내더니 아버지의 얼굴에 덮었다. 또 한 사람은 아버지를 메종으로 싣고 갈 구급차를 보내 달라고 프랑스어로 전화를 걸었다. 그때 나는 울음을 그치지 못하고 울고 또 울었으므로 거의 목이 쉬어 있었다. 조지 가드너가 들어와서 내 옆 마룻바닥 위에 주저앉아 내게 팔짱을 끼며 말했다. "자, 조, 기운 내렴. 이제 일어나야지. 함께 밖으로 나가서 구급차가 오기를 기다리자."

조지와 나는 문 쪽으로 걸어 나갔다. 나는 큰 소리로 울지 않으려고 이를 악물었고, 조지는 손수건으로 내 얼굴을 닦아

주었다. 우리는 관중이 문에서 쏟아져 나오는 동안, 거기서 조금 떨어진 뒤편에 서서 그들이 모두 떠나기만을 기다렸다. 두세 명의 사내가 우리 근처에 멈춰 서더니 그중 한 사람이 마권 한 다발을 헤아리면서 말했다. "하기야 버틀러가 마침내 천벌을 받은 거지."

또 한 사내가 말했다. "그 사기꾼이야 그리되어도 싸지. 자업자득이지 뭐야."

"물론이고말고." 다른 사내가 대꾸하더니 마권 다발을 둘로 찢어 버렸다.

조지 가드너는 혹시 그 사람들이 지껄인 말을 내가 듣지나 않았을까 신경 쓰며 나를 힐끗 쳐다보았다. 나는 그들이 하는 말을 모두 들었다. 그는 그 사실을 알아차리고 이렇게 말했다. "저따위 건달들 말은 곧이들을 것 없다, 조. 네 아버지는 정말로 훌륭한 분이셨어."

하지만 나는 잘 모른다. 사람들이란 일단 욕하기 시작하면 남에 대해서는 눈곱만큼도 상관하지 않는 것 같으니 말이다.

추천의 말

십 년마다 읽는 『노인과 바다』

해도연(작가, 번역가, 연구원)

소설이든 영화든 오랜 기간을 두고 다시 보면 감상이 달라지기 마련이다. 하지만 어떤 이야기는 그저 오랜만에 다시 보며 느끼는 신선함을 뛰어넘어서 전혀 다른 작품으로 다가오기도 한다. 단순한 반복 감상이나 전문가의 해설을 곁에 두고 들여다보다가 깨닫게 되는 것과는 다른, 삶의 다른 시점에서 감상하였기에 다른 울림을 전하는 이야기들 말이다. 의식하든 그렇지 않든, 누구나 그런 작품 몇 가지를 마음속에 품고 있을 것이다. 내게는 두 작품이 있다. 하나는 프랜시스 포드 코폴라의 「대부」 3부작이고, 다른 하나는 어니스트 헤밍웨이의 『노인과 바다』이다.

『노인과 바다』를 처음 읽은 건 중학생 시절이었다. 친구 하나가 어머니에게 권유받아 『노인과 바다』를 읽고는 지루해서 죽는 줄 알았다고 불평을 했다. 어부가 바다에 나가서 겨우 잡은 물고기를 상어한테 연신 뺏기다가 구사일생 돌아는 게 전부라고 했다. 그래서 직접 읽어 봤다. 사실이었다. 어부가 배를 타고 바다에 나갔다가 돌아올 뿐인 이야기였다. 극적인 사건이라 할 만한 게 별로 없으니 이야기로서는 딱히 재밌지 않았다. 하지만 그렇다고 지루하지도 않았다. 과연 물고기를 잡았다가 빼앗기는 게 전부이기는 했지만 노인이 혼잣말로 옛 기억을 늘어놓고 있으니 굉장히 많은 일을 보고 느낀 것만 같았다. 그래서 아주 긴 소설을 읽은 듯싶은데 사실은 짧은 이야기였을 뿐이라는 신기한 경험이 『노인과 바다』에 얽힌 내 첫 기억이다.

십여 년이 지난 뒤, 다시 『노인과 바다』를 집어 들었다. F. 스콧 피츠제럴드의 『위대한 개츠비』를 읽은 직후였다. 소설 『위대한 개츠비』 속에선 굉장히 많은 사건 사고가 일어나는 까닭에, 그 대척점에 가깝다고 할 수 있는 『노인과 바다』가 불현듯이 떠오른 것이다. 다시 읽어 본 『노인과 바다』는 단지 물고기를 잡았다가 빼앗기는 이야기가 아니었다. 물론 이 작품 속에서 일어나는 큰 사건이란 여전히 그게 전부다. 하지만 그것은 눈에 보이는 빙산의 일각일 뿐, 이 단조로워 보이는 얼음덩어리 자체가 이야기 예술의 결정체였다. 헤밍웨이는 『노인과 바다』에서 빙산의 일각만을 보여 주면서도 수면 아래에 감춰진 심오한 주제와, 복잡하면서도 일관적인 캐릭터를 독자로 하여금 상상하게 한다. 산티아고가 해변을 거니는 사자 꿈을 꾸는 장면만으로도 결코 알 수 없는 그의 과거를 충분히 느낄 수 있었다. 슬퍼하는 암컷 청새치에게 용서를 빌며 수컷 청새치를 칼질해 버렸던 순간을 씁쓸하지만 후회 없이 떠올리는 모습만으로도 그의 삶을 관통하는 가치를 체험했다. 산티아고의 아내는 도입부에서 딱 두 문장으로만 언급될 뿐 이후 다시는 등장하지 않지만, 이미 그의 삶에 드리운 깊은 주름을 짐작할 수 있었다. 영화든 소설이든 인물의 모든 것이 이야기의 표면에 모조리 드러나지는 않는다. 물리적으로도 불가능하고 서사적으로도 비효율적이다. 그래서 상징과 암시가 집약된 부분이 있기 마련이다. 그리고 『노인과 바다』는 거의 모든 장면이 그러하다고 볼 수 있다. 단조로워 보이던 수면 위 빙산의 굴곡과 모서리, 반짝이는 얼음 결정 하나하나가 바닷속에 감춰진 인간 산티아고의 과거를 드러낸다. 십여 년 만에 이 작품을 다시 읽으며 드디어 『노인과 바다』가 보여 주려 하는 건 어부 산티아고의 고기잡이가 아니라 노인 산티아고의 삶임을 깨달았다. 그의 혼잣말과 회상의 편린 속에는 과거에 대한 깊은 감정적 경험이 깃들어 있었다. '과거'라는 개념이 고작 몇 년 전으로밖에 거슬러 올라가지 못하던 중학생 시절엔 비록 머리로는 알지언정 가슴으로는 이해할 수 없었던 부분이다.

이후로 많은 것이 달라졌다. 기나긴 유학 생활을 마치고 한국으로 돌아와서 사회생활을 하며 결혼도 했고 아이도 생겼다. 세상은 무심할 뿐만 아니라 내 편도 아니라는 사실을 체감하면서 어깨 위에 짊어진 짐을 떨어뜨리지 않기 위해 안간힘을 써야 하는 생활이 시작되었다. 발등에 떨어진 불을 정신없이 끄다가도 다가오는 미래에 대한 현실적이면서도 막연한 두려움에 시달리는 세월이 이어지던 어느 날, 『노인과 바다』를 세 번째로 펼쳤다. 두 번째로 읽은 지 다시 십여 년의 시간이 흐른 어느 날이었다. 그저 상상력을 자극하는 파란만장한 삶을 살아온 캐릭터라 여겼던 산티아고의 인생이 인간의 보편적 삶으로 다가왔다. 산티아고는 "단지 내게 운이 따르지 않을 뿐이야.", "행운을 파는 곳이 있다면 조금 사고 싶군.",

"운이 따른다면 더 좋겠지."라며 마치 운을 갈구하는 듯하지만 결코 운에 의존하지 않는다. 행운이 찾아오는 순간을 항상 준비하고 있지만, 결국 자기만의 실력과 인내 그리고 놀라운 회복력으로 열악한 상황을 헤쳐 나간다. 불운의 극치 속에서 성의 없는 기도문을 외우면서도 산티아고는 불확실한 행운을 붙잡기보다 자신의 경험과 기술을 확신하며 스스로의 일을 빈틈없이 해내고자 한다. 미처 챙기지 않은 물건에 연연하지 않고 자신이 가진 물건으로, 노와 짤막한 몽둥이와 키 손잡이로 탐욕스러운 상어와 끝까지 맞서 싸운다. 그런 와중에도 잠시 스쳐 지나갈 뿐인 작은 새에게 행운을 빌어 주고 쉴 자리와 집을 제공하며 더 돕지 못해서 미안하다고 사과한다. 자기에게 목숨을 잃은 청새치에게도 끝내 지켜 주지 못해서 미안하다고 사죄한다. 더 이상 싸우고 싶지 않으면서도, 승산 없는 싸움임을 알면서도 노인은 포기하지 않는다. 마침내 아름답고 고결한 덴투소한테는 이겼지만, 악취 나고 밉살스러운 갈라노에게는 졌다. 상황이 나아지리라는 조짐도, 더 이상 노력할 이유마저 사라졌지만 노인은 뼈만 남은 청새치와 함께 항구로 향한다. 노인은 하는 수 없이 패배를 인정하고 잠시 드러눕지만, 이윽고 소년과 함께 다시 바다로 나갈 계획을 세우며 사자 꿈을 꾼다. 삶의 터전이나 마찬가지인 바다의 무심한 위험에 모든 것을 걸고, 투쟁하고, 타자 그리고 약자와 연대하며 삶을 이어 나가는 그의 모습을 보면서 그 어떤 달콤한 강연이나 명언, 얄팍한 자기 계발서보다 더 큰 삶의 용기와 위안을 얻을 수 있었다. 약간의 과장을 보태어 말하자면, 산티아고가 바다에서 보낸 사흘 덕분에 나는 지나간 삼십여 년을 돌아볼 수 있었고 다가올 삼십여 년을 조금 더 담담히 바라볼 수 있게 되었다.

십여년 전과 달라진 점은 하나 더 있다. 이제 나는 글을 쓴다. 주로 우주를 배경으로 해서 허구의 이야기를 지어낸다. 그러다 보니 어떤 이야기를 읽든 SF적 요소를 찾아내려고 하는 습관이 들었다. 부표와 모터보트를 이용해 효율적으로 물고기를 잡는 젊은 어부들과 달리, 산티아고는 바늘과 낚싯줄 그리고 손을 이용해서 고기를 잡는다. 마치 산티아고가 기술 문명으로부터 역행하는 듯 보이지만, 이 같은 선택은 오히려 어부로서의 기술에 대한 산티아고의 자신감을 보여 준다. 산티아고는 수면의 높낮이와 해류를 읽고, 낚싯줄의 기울기와 장력을 살피고, 수면 아래의 세상을 꿰뚫어 보면서 다음 전략을 짠다. 그는 자신이 가진 것을 통해 스스로 무엇을 가장 잘할 수 있는지를 알고 있다. 이런 그의 모습은 우주의 무심한 위협 속에서 홀로 고군분투하는 '하드 SF 생존극'의 주인공을 떠올리게 한다.

하지만 『노인과 바다』에서 가장 SF적으로 다가온 부분은 노인과 바다의 관계였다. 많은 이야기를 써 내려가면서 우주는 그저 수동적인 배경이 아닌, 차가울 만큼 무심한 동시에 입체적인 캐릭터임을 차츰 깨닫고 있다. 우리는 우주에 대해 아는 것이 거의 없다. 우주는 신비롭고 예측할 수 없으며, 경이로움과 위험을 동시에 품고 있다. 인간의 수명과 손길을 아득히 초월하는 광활한 시공간이 존재한다. 우리 삶에 깊이 개입하지만 우리를 정복하려 들지도, 우리에게 굴복하지도 않는다. 우리가 할 수 있는 선택이란 그 힘을 존중하고 수용하며, 우리가 가진 것과 가지지 않은 것을 이해하고 직시하면서 다만 나아가는 것뿐이다. 그리고 이것은 산티아고가 바다를 바라보는 시선과 일맥상통한다. 산티아고는 바다를 정복하거나 지배하려 들지 않았다. 그런 일이 애초에 가능하다고 여기지조차 않았다. 산티아고는 바다가 주는 만큼 빼앗기도 함을 알았다. 그가 바다를 '엘 마르'가 아닌 '라 마르'라고 부르는 까닭은, 그저 낭만적인 이유에서가 아니라 그가 그만큼 바다라는 캐릭터의 풍요와 위험을 이해하고 또 수용하고 있기 때문이다. SF에서 우주가 단순한 배경에 머무를 수 없듯, 『노인과 바다』에서 바다는 또 하나의 주인공이다. 이 작품의 제목이 『노인과 청새치』 혹은 『노인과 상어』가 아닌, 바로 『노인과 바다』인 이유는 이야기 속에서 산티아고와 진정히 소통하는 것은 다름 아닌 바다이기 때문일 터다.

거듭 말하지만, 십여 년의 간격을 두고 『노인과 바다』를 세 번 읽었다. 『노인과 바다』 속 수많은 문장들은 여전히 내게 수면 아래의 빙하를 온전히 보여 주지 않았다. 문학적 해석이라면 도서관이나 인터넷을 뒤져 보면 틀림없이 금방 찾을 수 있으리라. 하지만 경험적 공감은 다르다. 가령 나는 "너를 끔찍이도 좋아하고 존경한단다. 하지만 오늘이 가기 전에 난 너를 죽이고 말 테다."라는 노인의 말을 아직 이해할 만한 경험을 해 보지 못했다. 설령 했더라도 여태 깨닫지 못하고 있다. 소년 마놀린과 노인 산티아고가 나누는, 세대를 초월한 지극한 우정과 신뢰에 대해서도 마찬가지다. "인간은 파멸당할 수 있을지 몰라도 패배할 수는 없어."라는 산티아고의 저 유명한 말은 많은 해설들 덕분에 어떤 의미인지, 얼마나 깊은 주제 의식을 담아내고 있는지 알고 있다. 그러나 아무래도 나의 짧은 삶으로는 이 말에 만족스러울 만큼 공명하지 못했다. 아직은 그렇다.

바로 이것이 『노인과 바다』를 다시 읽게 될 날을 기다리는 이유다. 그때 무엇을 발견하게 될지 무척 기대된다. 그리고 지금 『노인과 바다』를 다시, 혹은 처음 집어 든 당신이 무엇을 발견하게 될지도.

옮긴이
김욱동

한국외국어대학교 영문과 및 같은 대학원을 졸업하고 미국 미시시피 대학교에서 영문학 석사 학위를, 뉴욕 주립 대학교에서 영문학 박사 학위를 받았다. 하버드 대학교, 듀크 대학교 등에서 교환 교수를 역임했으며 포스트모더니즘을 비롯한 서구 이론을 국내 학계와 문단에 소개하는 데 힘썼다. 현재 서강대학교 인문대학 명예 교수다. 지은 책으로 『디지털 시대의 인문학』, 『포스트모더니즘』, 『적색에서 녹색으로』, 『지구촌 시대의 문학』, 『번역가의 길』, 『궁핍한 시대의 한국 문학』 등이 있으며, 옮긴 책으로 『위대한 개츠비』, 『노인과 바다』, 『왕자와 거지』, 『그리스인 조르바』, 『여름』, 『이선 프롬』, 『앵무새 죽이기』, 『헛간, 불태우다』 등이 있다. 2011년 한국출판학술상 대상을 수상했다.

노인과 바다

1판 1쇄 찍음 2023년 10월 27일
1판 1쇄 펴냄 2023년 11월 3일

지은이 어니스트 헤밍웨이
옮긴이 김욱동
발행인 박근섭, 박상준
펴낸곳 (주)민음사

출판등록 1966. 5. 19. 제16-490호
서울시 강남구 도산대로 1길 62(신사동)
강남출판문화센터 5층 06027
대표전화 02-515-2000 팩시밀리 02-515-2007
www.minumsa.com

ISBN 978 89 374 2995 8 04800
ISBN 978 89 374 2900 2 (세트)

쏜살 이것은 시를 위한 강의가 아니다 E. E. 커밍스 | 김유곤 옮김
엄마는 페미니스트 치마만다 응고지 아디치에 | 황가한 옮김
걸어도 걸어도 고레에다 히로카즈 | 박명진 옮김
태풍이 지나가고 고레에다 히로카즈 · 사노 아키라 | 박명진 옮김
조르바를 위하여 김욱동
달빛 속을 걷다 헨리 데이비드 소로 | 조애리 옮김
죽음을 이기는 독서 클라이브 제임스 | 김민수 옮김
꾸밈없는 인생의 그림 페터 알텐베르크 | 이미선 옮김
회색 노트 로제 마르탱 뒤 가르 | 정지영 옮김
참깨와 백합 그리고 독서에 관하여 존 러스킨 · 마르셀 프루스트 | 유정화 · 이봉지 옮김
순례자 매 글렌웨이 웨스콧 | 정지현 옮김
마르그리트 뒤라스의 글 마르그리트 뒤라스 | 윤진 옮김
너는 갔어야 했다 다니엘 켈만 | 임정희 옮김
무용수와 몸 알프레트 되블린 | 신동화 옮김
호주머니 속의 축제 어니스트 헤밍웨이 | 안정효 옮김
밤을 열다 폴 모랑 | 임명주 옮김
밤을 닫다 폴 모랑 | 문경자 옮김
책 대 담배 조지 오웰 | 강문순 옮김
세 여인 로베르트 무질 | 강명구 옮김
시민 불복종 헨리 데이비드 소로 | 조애리 옮김
헛간, 불태우다 윌리엄 포크너 | 김욱동 옮김
현대 생활의 발견 오노레 드 발자크 | 고봉만 · 박아르마 옮김
나의 20세기 저녁과 작은 전환점들 가즈오 이시구로 | 김남주 옮김
장식과 범죄 아돌프 로스 | 이미선 옮김
개를 키웠다 그리고 고양이도 카렐 차페크 | 김선형 옮김
정원 가꾸는 사람의 열두 달 카렐 차페크 | 김선형 옮김
죽은 나무를 위한 애도 헤르만 헤세 | 송지연 옮김
도리언 그레이의 초상 1890 오스카 와일드 | 임슬애 옮김
아서 새빌 경의 범죄 오스카 와일드 | 정영목 옮김
질투의 끝 마르셀 프루스트 | 윤진 옮김
상실에 대하여 치마만다 응고지 아디치에 | 황가한 옮김
납치된 서유럽 밀란 쿤데라 | 장진영 옮김
모든 열정이 다하고 비타 색빌웨스트 | 임슬애 옮김
수많은 운명의 집 슈테판 츠바이크 | 이미선 옮김